编委会

主　编：唐小平　赵醒村

副主编：陈小兵　周　麟

编　委：曾锦标　杨绍滨　梁凯涛　丁惜洁

　　　　黄嘉荣　范丹宏　陈　苹　罗　璇

以梦为马

我是广医代言人

唐小平　赵醒村　主编

暨南大學出版社
JINAN UNIVERSITY PRESS

中国·广州

图书在版编目（CIP）数据

以梦为马 : 我是广医代言人 / 唐小平，赵醒村主编. 广州 : 暨南大学出版社，2024. 12. -- ISBN 978-7-5668-4033-2

Ⅰ. I253

中国国家版本馆 CIP 数据核字第 20249FD809 号

以梦为马：我是广医代言人

YI MENG WEI MA：WO SHI GUANGYI DAIYANREN

主　编：唐小平　赵醒村

出 版 人：阳　翼
统　　筹：黄文科
责任编辑：曾鑫华　孙劭贤
责任校对：刘舜怡　黄子聪
责任印制：周一丹　郑玉婷

出版发行：暨南大学出版社（511434）
电　　话：总编室（8620）31105261
营销部（8620）37331682　37331689
传　　真：（8620）31105289（办公室）　37331684（营销部）
网　　址：http://www.jnupress.com
排　　版：广州尚文数码科技有限公司
印　　刷：广东信源文化科技有限公司
开　　本：890mm ×1240mm　1/32
印　　张：8
字　　数：180 千
版　　次：2024 年 12 月第 1 版
印　　次：2024 年 12 月第 1 次
定　　价：59.80 元

前言

国家的希望在青年，民族的未来在青年。青年学子与新时代同向同行，正以前所未有的姿态展现出蓬勃的生命力和无限的可能。《以梦为马：我是广医代言人》一书，正是在这样的背景下应运而生。

本书所访谈的广医学子都是各专业的佼佼者，通过他们一系列创新与成长的故事，展现如何“向下扎根”，在学术与实践中锤炼自我，不断汲取知识的养分，在基层公共医疗服务中增长见识；又是怎样“向上生长”，面对科研与创新的挑战，不断突破自我极限，始终保持着对生命奥秘的好奇心和探索欲，向着成为更加优秀的自己迈进。在这一过程中，他们结识了优秀的“竞争与合作”伙伴，更加积极地向上攀登；他们遇见了“定海神针”般的引路人，更加谦逊地从容前行；他们经历了公共卫生挑战，更加深刻地理解了“有时去治愈，常常去帮助，总是去安慰”的现实意义……这些故事不仅体现了个人拥抱梦想、追求卓越的进击之路，更加体现了广医学子“得其大者可以兼其小”的眼光和气量。

我们期待能够激发更多像书中广医学子一样的青年加入这一行列当中来。用脚步丈量祖国大地，走向广阔天地间去发现真问题、解决实际困难；用眼睛发现中国精神，在实践中领悟中华民族坚韧不拔的精神内核；用耳朵倾听人民呼声，时刻关注人民群众对于生命健康的需求期望，将服务群众作为自己的重要使命；用内心感应时代脉搏，保持敏锐的洞察力和批判性思维，紧跟科技前沿和时代步伐，将个人理想追求与国家和民族的命运紧密相连。

钟南山院士说："不是杰出者才去追梦，只有追梦的人才有可能成为杰出者。"愿此书能够成为连接过去与未来桥梁上的一块基石，激励更多广医学子在这条充满挑战与荣耀的追梦道路上砥砺前行，助力健康未来，守护生命希望，以梦为马，不负韶华，奋力书写为中国式现代化挺膺担当的青春篇章！

编　者

2024 年 9 月

目 录

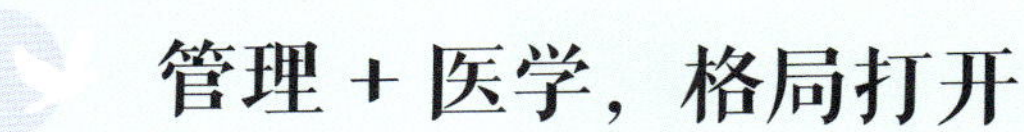

管理 + 医学，格局打开！

做健康守护者、管理先行者——为全民健康护航！

钟思思、孙婉怡毕业于广医的国家级一流本科专业——**公共事业管理**。

钟思思

钟思思，曾获中国国际“互联网 +”大学生创新创业大赛广东省分赛银奖，多次获国家级奖学金、校级特等奖学金、优秀共青团员、优秀三好学生、优秀学生干部等荣誉。主持一项省级大学生创新创业训练计划项目（简称“大创项目”），参与国家自然科学基金青年科学基金项目。在 SSCI、SCI、北大核心期刊、中国科技核心期刊等发表论文 4 篇。现推免至华中科技大学社会医学与卫生事业管理专业读研。

孙婉怡

孙婉怡，曾参与国家自然科学基金项目、北京大学中国社会科学调查中心中国健康与养老追踪调查（CHARLS）项目、国家级大创项目各 1 项，主持省级大创项目 1 项，作为第一作者在北大核心期刊发表论文 1 篇。现推免至南方医科大学南方医院社会医学和卫生事业管理专业读研。

问：你们为什么选择公共事业管理专业？

钟思思：广医的公共事业管理专业具有医学特色。随着我国人口老龄化的加快和医疗体制改革的深化，医院、医药企业、政府部门对于相关专业的人才需求也越来越大。公共事业管理专业在未来将有更大的发展空间。

孙婉怡：我对医疗行业及相关学科非常感兴趣，在查阅大量资料后，我了解到广医的公共事业管理专业的主干学科为医学和管理学，和我的兴趣相契合，因此就成了我的第一志愿。

问：你们在本科期间有哪些科研项目？

钟思思：我主持了省级大创项目“多层次医疗保障体系下地方商业补充医疗保险的可持续发展研究——以广州‘穗岁康’为例”。团队对广州市“穗岁康”投保及保障情况等进行横纵向研究，总结有代表性的地方商业补充医疗保险的可持续发展经验及相关问题，并探讨问题成因和解决思路，最终形成优化对策。

作为科研小助手，我参与了陈爱云老师的国家自然科学基金青年科学基金项目“家庭医生签约背景下慢性病服务质量及影响机制研究”，负责整理分析数据、撰写论文等工作；我还参与了罗桢妮老师的“健康中国背景下广东省中小学校卫生室现状及服务能力提升策略研究”课题，负责查找资料、制作问卷等工作；我也是肖瑶老师的“广东省基本医疗保险基层病种目录实施效果评价研究”课题的小组负责人，负责收集整理资料、安排任务、实地调研、访谈及录入数据。

孙婉怡：大一时，我加入了国家级大创项目“协同治理中的政府责任和社会参与：以广州市公众 AED 除颤计划为例”，并在后期成为主要负责人，参与论文写作。该项目有三点独特之处：一是以广州市公众 AED（自动体外除颤器）除颤计划为例，分析社会急救体系构建和城市健康治理过程中存在的问题及其解决路径；二是对公众 AED 除颤计划实施过程中的各主体责任和参与途径进行分析；三是提出公众有序参与社会急救中的院外心搏骤停事件施救服务影响因素的框架。

从大二开始，我作为第一负责人，和团队一起申请校级项目“有爱无碍：广州市无障碍建设公众认知及政策实施研究”，主要负责搭建研究框架、协调组员、撰写申报书、总结研究成果等工作。

问：你们在本科期间发表了哪些文章？

钟思思：我发表的第一篇论文是《广州市慢性病患者家庭医生签约服务现状及影响因素研究》。文章分析慢性病患者对家庭医生签约服务的利用情况，为进一步改进家庭医生签约服务提供实证参考依据。

孙婉怡：我作为第一作者，在北大核心期刊《医学与社会》发表了《日本无障碍人文环境建设对我国的启示》。文章从加强法治建设、完善无障碍政策、鼓励多主体协同参与、增强公民无障碍意识等方面为我国无障碍人文环境建设提供参考。

孙婉怡在广州医科大学第五届职业生涯规划大赛决赛现场

问： 你们在科研路上有什么收获和启发？

钟思思： 以我将要在中国科技核心期刊发表的论文《基于CiteSpace的我国病耻感研究热点及研究前沿》为例，老师让我们用CiteSpace软件进行文献量化分析，但是小组所有人都不会用这个软件。我们一起研究和学习了20天，终于明白了CiteSpace的操作原理和技巧。分析过程中，我们发现文献出现了问题，一切都要推倒重来。但我也因此吸取了教训，了解了文献初筛的重要性。遇到问题时，我会及时和组员、老师交流。这次经历提高了我的自学能力、沟通能力和解决问题的能力。

SCI论文投稿过程也是一波三折，我被拒稿三次，最后一次终于成功。第一次被拒时，打击很大，但我马上调整心情，查找原因，修改后再次投稿。

科研从来不是一帆风顺的，唯有沉下心来，保持热爱，才能行稳致远。

孙婉怡： 2022年暑假期间，我参与了中国健康与养老追踪调查（CHARLS）项目。我们队伍用45天走访了上百个家庭。

紧凑密集的行程安排、狭小简朴的旅店环境、复杂多样的物资材料、炎热的天气与笨重的行囊，都给我们的调研带来了挑战。同时，我们也看到了太多：城市与农村、富有与贫穷、健康与疾病……这让我相信，学术是有温度的，社会访谈永远不是一次性的索取，一个个样本、一段段数据并不是冰冷的符号，而是大千世界中真实的人和事。

问： 境外的交流经历为你带来怎样的收获？

孙婉怡： 在北卡罗来纳大学交流课程开放申请时，我就铆足了劲去申请。一是希望借此拓宽国际视野，二是希望提高英语水平。课程结束后，我认为这两个目标都达成了。

给我带来较大影响的是卫生经济学这门课程。课上，教授告诉我们："我上课的目的不是希望你们能够马上掌握格罗斯曼模型（Grossman Model），你无法马上记住这个模型也没关系，这是一种新的思维方式，我希望你们能够用新的视角去思考。"

我认为本次交流课程的最大意义就在于此，我们不应该只局限于狭隘的视角，想走得更远，需要先看得更远。

问：你们认为大学生涯的学生工作、比赛、研究这几个方面是如何相互促进的？

钟思思：时间和精力只能放在有限的事情上，想达到学生工作、比赛、研究的相互促进，需要明确不同事情的重要程度，协调好三者的时间分配。每天我都会规划当日任务，优先安排课程学习，其次是科研工作。

例如大二时，我一边担任学生互助协会导师、学习委员，一边申请课题立项、参与"互联网+"大赛。我按照重要性和紧急程度，统筹安排各类事务。在完成课堂任务后，再去完成科研和竞赛。疲劳的时候，就会看书放松，做到劳逸结合，更好地投入学习中。

钟思思与“互联网＋”团队负责人赵永朝合影

另外，拥有高效的执行力也十分重要。在制订工作计划时，我会严格要求自己高效快速完成。高效完成计划，就能拥有更充裕的时间，减少不同工作事务间的冲突。

通过合理的安排，我做到了三者相互促进：学生工作提升了我的人际交往能力、管理能力和沟通能力，帮助我在竞赛、科研中更好地和团队成员协商合作。参与竞赛不仅让我的视野更加开阔，也提升了我的科研能力。

孙婉怡：我在学生工作中习得人际交往，在比赛中学习社会调研方法，在研究中沉淀所有学过的知识点，这三者相辅相成。时间是有限的，如果想在这些经历中获得成长，就要有强大的目标感，并朝着目标脚踏实地地往前走。

问：在广医学习的4年，你们遇到了什么样的良师益友？

钟思思：首先感谢我的导师陈爱云老师。从第一篇论文撰写、第一次投稿、第一次课题申报……到毕业论文选题的确定、开题报告的撰写，再到毕业论文成文，陈老师都给予我很多指导。陈老师一直以身作则，教导我为人处世的道理。

其次，我想感谢许多老师的倾囊相授！很幸运得到罗桢妮老师、周梅芳老师、范阳东老师、冯珊珊老师、胡杨木老师、李璐老师等对我学术、科研的启蒙和指导。钱锡红老师、马金香老师、阮红莲老师等在统计学上的耐心答疑让我豁然开朗。感谢李锦新老师等在医学领域上对我的鼓励和帮助。

再次，感谢辅导员杨丽琴老师和邓佳倩老师在我情绪低落时的开导与安慰，以及刘甲玉老师给我的许多锻炼机会。感谢在广医二院实习时遇到的科室老师们的关心和帮助。

最后，感谢徐伟宏师兄、王晨曦师姐、赵永朝师兄对我生活和学习上的耐心引导和鼓励。在我继续深造的路上，陈小燕师姐、孔露诗师姐、朱璇师姐、李文翠师姐给予我许多指点和帮助。感谢陪我一起学习、共同进步的同窗好友，是你们一千多个日夜的陪伴与鼓励，让我在求学路上从不感到孤单无助。

孙婉怡：我非常感谢每一位兢兢业业的老师：钱锡红老师带领我打开了定量研究的大门，引导我树立新的科研思维；陈爱云老师、冯珊珊老师、罗桢妮老师将枯燥的课本内容讲解得十分有趣，对我深入了解学科体系起到很大的帮助。正是因为有这些老师，我才更好地认识到公共事业管理专业的价值。

科研探索中，我的本科生导师周梅芳老师给予了我非常耐心的指导，有时会跟我们讨论到凌晨。当我遇到学业压力时，周老师还会提供许多建议，为我排忧解难。

孙婉怡（右一）参加周梅芳老师（左三）本科生导师组讨论

新生入学时期，我的代班（“代理班主任”的简称）陈知禾师姐和周清平师兄为我解答了许多疑惑，帮助我快速适应大学环境。陈知禾师姐更是我科研路上的引路人，带我参与了第一个科研项目，为我发表第一篇科研论文提供了莫大助力。

本科期间所有比赛与科研的完成，都要感谢我的合作伙伴们：王梓丞、郑思榆、李佳、钟思思。我们在合作中竞争，也在竞争中合作。正因为遇见了优秀的“竞争 & 合作”伙伴，我才能积极地向上攀登。

问：在未来的学习、科研、工作和生活中，你们将如何继续践行南山精神？

钟思思：南山精神是广医人的共同价值追求。勇于担当的家国情怀是推动社会进步和国家发展的重要动力。在疫情中，广医人践行南山精神，积极参与防疫志愿服务。

未来，我会脚踏实地、实事求是地做科研，同时严格要求自己，保持追求卓越的人生态度，奋勇争先。在学有余力时，参与学生工作，积极参加志愿服务，力所能及地帮助有需要的人。

孙婉怡：作为 2020 年入学的学生，我们对南山精神深有体会。未来，我会在学习中继续保持严谨的科学精神，在实践中积极承担社会责任。

问：对于未来的研究与职业，你们有什么展望？

钟思思：我的研究方向主要是卫生政策与管理，理想职业是大学教师。

未来，我希望不断突破自我，争取硕博连读。在卫生政策与管理领域发表高质量论文，主持或参加国家级科研项目。

孙婉怡：我希望继续在卫生系统奋斗，积极推动优质医疗资源下沉，实现医疗服务均等化，守护人民健康。

（文 / 钟思思 孙婉怡 林以彤 吴桐 朱娅婷　图 / 受访者提供）

生命奥秘 × 未来科技，等你挑战！

探索生命的奥秘，引领未来的科技！生物技术专业，等你来挑战！

赵晨羽、康浩然毕业于广医的国家级一流本科专业——**生物技术**。

赵晨羽

赵晨羽，曾获全国大学生英语作文竞赛省级二等奖、第九届中国国际“互联网 +”大学生创新创业大赛校级银奖，以及校级一等奖学金、二等奖学金、优秀学生干部、优秀三好学生等荣誉。参与发表国家实用新型专利 2 项，在《现代医药卫生》期刊发表论文 1 篇。现推免至中国医学科学院北京协和医学院免疫学专业读研。

康浩然

康浩然，曾获第八届全国大学生基础医学创新研究暨实验设计论坛国赛银奖，多次获国家级奖学金、校级特等奖学金、优秀三好学生、优秀学生干部等荣誉。现推免至南方科技大学生物学专业读研。

问：你们为什么选择生物技术专业？

赵晨羽：高中时期，我就对生物非常热爱，一直以来，我也对疾病的研究很感兴趣，希望将来能够为人类健康事业做出一丝微薄的贡献。医科大学与其他学校有很大不同，涉及更多医学方面的知识，这与我学习的初衷相符。

康浩然：这个选择也许是机缘巧合。当今社会，生物学领域的发展前景广阔。填报志愿时，受当时疫情的影响，我深感基础医学的重要性，便选择了广医的生物技术专业。我希望通过所学，为解决目前尚无有效治疗方法的疑难疾病贡献自己的力量，造福人类。

问：你们觉得有趣的课程或实验内容是什么呢？

赵晨羽：在本科学习期间，我慢慢地对基础医学分支有很强的学习欲望。免疫是人类一直要去面对的重要问题，其深奥和重要性促使我想对它进一步深入探究。

康浩然：分子克隆、细胞培养、Western Blot（蛋白免疫印迹）等实验都很有趣。以分子克隆为例，实验可以将我们感兴趣的基因，构建到质粒载体上，借助原核或真核生物来表达我们想要的产物。实验过程是很有讲究的，引物设计、PCR（聚合酶链式反应）程序设置、酶切时间等任何一个环节都会影响实验结果。

实验过程中，有太多难忘的经历。比如电泳仪正负极接错等令人啼笑皆非的失误。当然，实验成功时的喜悦也是无法忘怀的。有一次，我做了一个月的分子克隆都没有成功，最终，实验在师姐的指导下成功完成，那种喜悦是无比特别的。

问：你们在本科期间有怎样的科研经历？

赵晨羽：我曾在中国科学院广州生物医药与健康研究院实习，凭借稳定的实验技术和积极的工作态度，我有幸参与两个项目。一是“基于环状 RNA 的寨卡疫苗研究”。研究内容：寨卡病毒尚无预防疫苗和特效治疗药物，其可能因抗体介导的感染增强效应（ADE）促进流行及致病，该课题攻克了寨卡疫苗的 ADE 问题，产生了安全有效的疫苗并阐明保护性免疫学指标。二是“经黏膜免疫途径的新冠病毒变异株广谱环状 RNA 疫苗研究”。研究内容：SARS-CoV-2 及其变异株是通过上呼吸道进入人体的，而当前缺乏可靶向呼吸道的黏膜免疫疫苗，因此研究开发可靶向并诱导特异性黏膜免疫应答的鼻喷式环状 RNA 新型疫苗，以应对新冠疫情。

此外，我曾经自主设计了一项创新课题“Nrf2 信号通路在雪菊多糖对紫外线致皮肤光损伤的防护机制”，并且承担了从课题构思到具体实施的全部内容。

紫外线是造成皮肤损伤、破坏皮肤屏障的关键性因素。昆仑雪菊盛产于高海拔地区，因该地空气稀薄，当地居民的紫外线暴露强度更高、时间更长。该项目通过各种生物学手段，验证雪菊多糖是否能够减轻紫外线对皮肤的损伤，并探究其作用机制。此外，使用当地盛产的植物的提取物解决地方性皮肤性疾病，有助于为昆仑雪菊提供新的药用价值，打造品牌，助力当地昆仑雪菊产业的发展。

康浩然：我参加了两项与 EBV（Epstein-Barr 病毒）和 NF-κB 信号通路相关的广东省省级大创项目，并在第八届全国大学生基础医学创新研究暨实验设计论坛中获得国赛银奖。

我的项目是“EB 病毒编码的 gB 蛋白对 TNF-α 诱导 NF-κB 信号通路的干扰机制探究”，研究揭示 EBV gp110 的新功能：抑制 TNF-α 介导的 NF-κB 途径，逃避宿主先天免疫，平衡 EBV 感染、潜伏与宿主的 NF-κB 信号通路。

上免疫课时，我了解到 EBV 在人群中的感染率高达 90%，并且终身携带，其在人体免疫力低下时发病，且与许多癌症如鼻咽癌等有关。这种奇特的病毒引起了我的兴趣，于是我积极报名进入课题组开展相关研究。这一研究的价值在于将 EBV gp110 作为感染的治疗靶点，协助开发药物，并且有望治疗 EBV 引起的恶性疾病，造福人类。

在项目中，我负责完成相关实验，如细胞培养、qPCR（定量聚合酶链式反应）、Western Blot、DLR（双荧光素酶报告）等，并负责实验结果的处理及分析。我学到了实验原理及操作，还有 SnapGene、ImageJ、GraphPad Prism 等科研工具的使用。科研中，切记不要眼高手低，只有自己能够独立完成实验，才是真正“学会了”。

我在广州霍夫曼免疫研究所和中国科学院广州生物医药与健康研究院均有过一段科研实践经历，这是我人生中一笔宝贵的财富。良好的科研环境和资金支持满足了我的实验需求。同时，我还认识了许多优秀的师兄师姐，他们在我遇到困难时耐心解答，是我前进的动力，也是我的榜样。

问：你们在本科期间参与了学生社团工作、比赛和研究等，你们认为这几个方面是如何相互促进的？

赵晨羽：大学生涯是一个多元化和全面发展的阶段，对我而言，主要是学习、工作、比赛、研究等方面相互促进，极大地提升个人的综合能力和竞争力。

学习与研究：深入学习专业知识可以为研究工作打下坚实的基础，而研究过程中的探索和发现又能加深对知识的理解。选择与课程相关的研究课题，将课堂知识应用到实际研究中，同时通过研究来解决学习中遇到的问题。

学习与比赛：比赛中的实践和挑战可以加深对学习内容的理解，而学习中获得的知识又可以为比赛提供理论支持。

工作与比赛：工作中积累的经验和技能可以在比赛中得到展示和提升，而比赛中的挑战和压力又能锻炼工作能力。

如何达到相互促进？

目标明确：明确自己的职业目标和发展方向，选择与目标相关的学习、工作和竞赛项目。

时间管理：合理安排时间，平衡学习、工作、比赛和研究这几个方面，避免顾此失彼。

主动学习：在学习、工作和比赛中遇到问题时，要主动学习相关知识，提高解决问题的能力。

反思总结：定期对自己的学习和工作进行反思和总结，找出存在的问题和不足，不断改进和提高。

康浩然：学生工作、科研和比赛涉及不同方面的能力。学生工作提高了我的合作能力；科研提高了我对细节的把控能力；而比赛又在研究的基础上，提高了我的语言表达能力和团队合作能力，并培养了我的实验设计思维等。

我原本是一个内向的人，在舍友的鼓励下，我决定竞选班长一职，并通过为同学们服务，慢慢获得了自信。此外，我积极与老师沟通，申请参加课题组，并参与项目、比赛。这些经历，不仅提高了我的科研能力，也提高了我的沟通交流能力。

问：在广医学习的时光，你们遇到了什么样的良师益友？

赵晨羽：在广州生物医药与健康研究院实习期间，我们小组的博士生刘兴龙师兄对我的帮助和影响很大。我在撰写毕业论文期间，由于疏忽，有一项大实验只进行了一次，而师兄要求进行三次。当我想起来还差两次时，已经离论文提交时间很近了，可能没时间补充数据，样品量也不够再做两次实验，我很害怕会影响毕业论文的数据。跟师兄说明问题后，师兄立刻给予我解决方案，告诉我可以通过减少复孔数量或浓度梯度，来确保剩余样品足够重复另外两次实验，同时加快实验进程。

他的一句话让我印象很深刻："任何一个问题都有解决办法。"我认为，沉着冷静的心态在科研中是必不可少的，遇到问题时，不要第一时间抱怨或者懊恼，要相信问题一定会解决，用冷静的心态来面对。

康浩然：首先要提到的是我的班主任林方钦老师。刚入学时，我因为课程有大量内容需要记忆而感到困惑，于是林老师与我分享他的学习经验。

我的师姐符江琴也给我提供了许多鼓励与帮助。工作方面，她作为学院的学生干部，在我任职学院部门干事期间，耐心指导我完成工作。学习方面，她鼓励我加入课题组、独立完成实验和参加比赛，在我遇到困难时给予耐心解答。她不仅是我的"益友"，也是一位"良师"。

另外，遇到困难时，我的朋友李凯常常与我沟通交流，帮助我解决困难。

问：在未来的学习、科研、工作和生活中，你们将如何继续践行南山精神？

赵晨羽：我对南山精神的理解如下：积累深厚的专业知识和精湛的医疗技术，为人类健康事业奋斗。在面对重大事件时，勇于担当，勇于奉献。用科学的方法来分析和解决问题。

未来，我将继续践行南山精神：在学习和工作中，不断深化专业知识，精益求精，以专业精神指导实践，坚持用科学的方法和态度，不轻信未经证实的信息，保持批判性思维。保持好奇心和学习热情，不断更新知识，以适应不断变化的世界。面对困难和挑战时，勇于承担责任，甘于奉献。

赵晨羽（左）参与志愿服务活动

康浩然：在未来的学习、生活、工作中，我会将南山精神作为行为准则，将其融入自己的日常实践中。

在学习方面，我将制订明确的学习计划，保持专注和毅力，努力追求知识的深度和广度。

在生活和工作中，我会树立高标准，坚持诚实、勤奋，追求卓越。积极参与社区和社会事务，将南山精神落到实处。

同时，我会与身边的人分享南山精神，激励他们一起追求卓越、奉献社会。

问：对于未来的研究与职业，你们有什么展望？

赵晨羽：未来，我希望成为一名免疫学领域的研究员，深入研究自身免疫性疾病的发病机制及治疗手段。

同时，在学习、科研和学生工作中，我希望始终遵循“为人，行己恭，立心正；为学，思为源，深入之”的原则；与人交往时，保持谦逊和尊重的态度，不傲慢自大，做事以诚信为基础；通过思考来提出问题、分析问题和解决问题，深入理解和探究知识，不满足于表面认识，追求更深层次的理解和掌握。

康浩然：我将继续深入生物学领域研究，特别是我感兴趣的结构生物学和免疫方向。我会努力学习知识并提高研究技能，掌握先进的实验技术和数据分析方法，以便能够深入探究和解决具体的生物学问题。

在研究生阶段，我希望能够选择具有挑战性和创新性的研究课题，例如细胞信号传导的机制或疾病发生机理，并通过深入研究这些问题，为人类健康和生活质量提升提供有益的科学支持，在生物学领域做出贡献。

（文 / 赵晨羽 康浩然 陈放新 梁静汶 丁惜洁 朱睿　图 / 受访者提供）

临床医生的“另一双眼睛”，是她们！

我们是临床医生的另一双眼睛，不只是看图说话，还要有抽丝剥茧的临床思维。去伪存真，推理正确诊断；明察秋毫，异常无处藏身！

林舒彤、何依琳毕业于广医的国家级一流本科专业——**医学影像学**。

林舒彤

林舒彤，曾多次获得校级特等奖学金、一等奖学金、三好学生等荣誉。参与 3 项省级大创项目。现推免至四川大学华西临床医学院攻读超声医学专业型硕士。

何依琳

何依琳，曾多次获校级二等奖学金、三等奖学金、优秀三好学生等荣誉。以第二负责人的身份参与省级大创项目，已完成相关论文 2 篇及病例报道 1 篇。以主要负责人的身份参与广东省医学科研基金面上项目。现考研至复旦大学攻读核医学学术型硕士。

问：你们为什么选择医学影像学专业？

林舒彤：在临床上，为了明确疾病，影像学的检查必不可少。优秀的影像诊断医生是临床医生的“另一双眼睛”，影像学的早期筛查及精准诊断可以帮助患者尽早接受正确治疗、改善预后，因此我觉得影像学的工作很有成就感。

何依琳：首先，由于妈妈在医院工作，我对医学有种亲切感；其次，医学影像学有专业壁垒，不容易被替代，在就业层面是一个不错的选择；最后，就个人兴趣特长而言，我喜欢画画、擅长图片记忆。

通过在网上查找专业信息，我发现医学影像学很契合我的兴趣，因此我报考了医学影像学。

问：你们的研究生专业方向是什么？为什么要选择这个专业方向？

林舒彤：我选择超声医学，主要出于以下两点考虑：一是在本科期间，我对超声医学有浓厚的兴趣，尤其是产科超声和心脏超声领域。我曾参与超声医学相关科研项目，这使我想在这个方向上深入探索。二是我喜欢超声医学的工作模式和工作氛围，因为在影像学的几个方向（放射医学、超声医学和核医学）中，超声医学需要上手操作，与病人的接触更多。经历了本科的实习，我更坚定地选择了超声医学方向。

何依琳：对我来说，核医学是结合个人兴趣、社会需要和国家政策倾斜三方面做出的最佳选择。

国家层面上，近几年，国家出台了一系列政策加快推进核医学科建设，比如在《医用同位素中长期发展规划（2021—2035 年）》中提出到 2025 年实现三级综合医院核医学科全覆盖，到 2035 年实现“一县一科”，因此未来核医学的人才需求会增大。

社会层面上，全国人口老龄化加剧，心血管疾病、神经退行性疾病和恶性肿瘤发病率逐年上升，而核医学 PET（正电子发射断层成像）是对这些疾病进行鉴别、诊断、分期、疗效和预后评估的有效手段。

个人层面上，选择核医学是兴趣使然。

问：你们在本科期间有怎样的科研经历？

林舒彤：刚上大三时，我还是个科研小白，出于对超声医学方向的好奇，我向广医二院妇产科超声医师周星星老师自荐，加入了她的课题组，研究子宫内膜容受性的超声评估。后来，我成功申报了省级大创项目“超声多参数模型在辅助生殖技术中对子宫内膜容受性的预测应用”，项目通过构建一个超声多参数模型，预测子宫内膜容受性，以提高辅助生殖技术的成功妊娠率。

我还自荐参与了广医二院泌尿外科吴文起教授的课题，课题主要内容是结合影像组学及临床特征构建预测模型，预测泌尿系结石患者尿路感染的可能性，并对这部分人群进行尽早的干预及治疗，以降低术后感染性并发症的发生概率。

此外，我通过分析数百例卵巢肿瘤患者的临床症状、检验报告、超声图像，构建出一个可以在早期准确预测卵巢肿块良恶性风险的模型，并以第一作者身份撰写论文。我还应用影像组学的知识进行肾盂尿白细胞水平的预测研究，初步探索了影像组学在预测尿路感染中的研究价值，并以主要作者的身份完成论文。

每段科研经历，都能让我掌握某项科研技能，给我带来成就感，从而形成一种“正反馈”，这让我更加积极地参与科研，逐步点亮自己的“技能树”。

何依琳：我参加过省级大创项目“超声多参数模型在人工

授精中对子宫内膜容受性的预测应用”，并撰写论文，研究回顾性分析附件区肿瘤患者的病历资料，计算 ROMA（卵巢恶性肿瘤风险算法）、RMI（恶性肿瘤风险指数）、IOTA（国际卵巢肿瘤分析）简单评价法的预测结果，比较三者对附件区肿瘤良恶性的鉴别诊断效能。

问： 你在科研路上有什么收获和启发？

林舒彤： 我参加过学院举办的医学影像学专业竞赛，并获得团队特等奖。这项竞赛涉及放射、超声和核医学的成像原理，正常和异常图像表现，疾病的鉴别诊断等方面的知识，是一个检验自己专业知识水平的良机。

参赛过程中，我深切感受到，一位好的影像诊断医师必须掌握好解剖、病理知识，形成科学的临床思维，在图像中抽丝剥茧、正确推理，才能给予临床医生精准的影像诊断。

另外，担任科研小组组长的经历也使我受益匪浅。组长需要积极与老师沟通交流，更深入细致地了解课题内容，这对于我的个人素养的提升大有裨益。

在湘雅面试时，老师向我提出了一个假设性的统计分析问题（进行模型构建时，曾有组员给我反馈这个问题）。鉴于科研小组的学习经历，我给出了一个有建设性的答复。那位老师笑着对其他面试官说：“很难得，这是真的自己深入学习过。”

在面试中，老师们会更关注学生作为第一负责人主持的项目。他们通过提问细节，考察第一负责人到底在项目中学到了多少、参与了多少。

问：你们在本科期间参与了学生社团工作、比赛和研究等，你们认为这几个方面是如何相互促进的?

林舒彤：我认为无论是参与科研项目、社团工作还是学科竞赛，都有助于提升抗压能力和时间管理能力，从而平衡好自己的学业和课余活动。

另外，学生工作提升了我的沟通交流和团队协作能力。这有助于我在担任科研项目负责人时，妥善安排好每位成员的工作；遇到瓶颈时，高效地向指导老师进行汇报和交流。

个人能力的提升，使我可以挤出更多时间，以最饱满的状态投入每一项任务中。

林舒彤（右）与同学在影像诊断学 PBL（问题驱动型学习）中讨论病例

何依琳：学生工作、比赛和科研锻炼了我的各项能力。在学生会任职期间，我策划和统筹院运会（“学院运动会”的简称）、讲座等活动，这很好地锻炼了我的组织管理能力和抗压能力；志愿活动丰富了我的生活，拓宽了我的交际圈，锻炼了我与人沟通的能力；竞赛提高了我的专业知识水平；科研活动使我更加懂得团队合作的重要性。

同时参与学生工作、比赛和科研需要不断迎接挑战、突破自我。大二上学期，我既要忙于校运会，又要负责统筹拍摄红旗学生会的视频，还要准备局部解剖学的考试。那时，我只能提高自己的工作效率和学习专注度，利用碎片化的时间复习考试内容，最终，我顺利度过了这个艰难的时期，还收获了大学期间的最高绩点。

因此，我认为学生工作、比赛和研究这几个方面是相辅相成、相互促进的。

问：你们是朝夕相处的好室友，请问对方对自己有什么影响？

林舒彤：依琳在我脆弱的时候给了我鼓励和帮助。

大四下学期，我一边实习一边准备考研和推免，空闲时间还要复习英语六级，压力非常大。某天晚上，我核对完考研英语真题答案，看见“一片飘红”后，积压已久的负面情绪爆发出来：感觉时间完全不够用、前途也一片渺茫，这样下去可能最后哪个都抓不住。我向依琳倾诉了自己的担忧和焦虑，她跟我分享了她学习考研英语和英语六级的经验，安慰我“一分耕耘，一分收获”。

何依琳：我和舒彤在学习、生活和工作方面都互相帮助。

大三时，我们一起组建了科研小组，舒彤是组长，她做事认真负责、十分可靠。在数据分析和论文撰写遇到困难时，我都会寻求她的帮助。

准备复试时，舒彤分享了她参加保研夏令营面试的经验，把我们课题的资料整理好之后发给了我，并帮我修改简历。保研夏令营面试前一两天，我们在宿舍进行了许多次模拟面试。能在大学期间遇到共同成长、互帮互助的舍友真的非常幸运!

此外，我还要感谢我的室友曾莹琳、段轩、龙思羽、吴华英、邓碧雪、米日班·艾尼瓦尔和刘清如。考研期间我们相互鼓励，共同学习。我考研顺利上岸，离不开她们的帮助。

问：在广医学习的时光，你们遇到过什么样的良师益友，他们给过你们什么帮助?

林舒彤：本科期间，辅导员欧泳怡老师给了我非常多的帮助。推免刚开始时，我特别焦虑，觉得自己在绩点、科研和英语方面都有不足，可能拿不了录取通知书。是欧老师鼓励我相信自己、大胆报名，我才勇敢迈出申请的第一步。在“夏0营”（所投的保研夏令营皆被拒）时，也是欧老师鼓励我再坚持一段时间，后面还有很多机会，于是，我就坚持下来了。

在影像系的学习、见习、实习中，毕肖红老师一直对我关爱有加。保研夏令营期间，毕老师安慰我“成功之前肯定会遇到很多阻碍”，是这句话支撑着我顺利完成了一场场面试。

何依琳：在这5年，我的学习、工作和生活都离不开学院的辅导员，我要感谢罗晓明老师、顾丽婷老师和欧泳怡老师。罗老师和顾老师在我担任学生干部期间，帮助我推进学院的各项活动，是学生心中的“定海神针”；欧老师会花时间倾听、了解学生的难处，在修订学院综测方案前收集各方意见。

在广医，我还结识了许多可亲可爱的师兄师姐们，学生会主席团的黄炜晴师姐、李容师姐和朱家盾师兄在工作、学习上毫不保留地向我们分享了他们的经验，让我少走了很多弯路。

何依琳在校园留影

问： 在未来的学习、科研、工作和生活中，你们将如何继续践行南山精神？

林舒彤： 南山精神是每一个广医学子前行路上的明灯，激励我们全心全意为患者着想、奉献自己的力量，鼓舞我们为祖国医药卫生事业的发展贡献力量。

在今后的学习、工作、生活中，我将继续秉承南山精神，牢记医者仁心，磨炼好自己的技术，为祖国医学事业奋斗终身。

何依琳： 南山精神是广医人的宝贵精神财富。未来，我会在南山精神的引领下，急国家之所急，研究肿瘤核医学领域的难点问题，帮助更多被疾病困扰的患者。

问：对于未来的研究与职业，你们有什么展望？

林舒彤：我想成为一名让“准爸爸妈妈”和同行信任的产科超声医生。目标任重道远，我会不懈努力、不断提高自己的专业水平和人文素养，争取做好这份艰巨且重要的工作。

何依琳：在科研方面，我希望能学习更多科研技能，深入探索分子核医学、PET 影像组学对肿瘤精准诊疗的作用，为肿瘤患者提供更加有效的诊疗方案。

在工作方面，我希望提高自己的专业水平，成为一名优秀的核医学医师，为我国健康事业的发展而勤勉耕耘。

（文 / 林舒彤 何依琳 刘雨昕 彭攸源 陈锐云 丁惜洁　图 / 受访者提供）

中西融汇，探索更多可能性！

中西医临床医学是一个融会贯通的专业，让我们一起探索医学的更多可能性！

林敏、黎艺嘉毕业于广医的国家级一流本科专业——**中西医临床医学**。

林　敏

林敏，曾获“万方杯”中南七省（区）高校“学术搜索挑战赛”省级三等奖，参与省级大创项目两项，参与发表 SCI 论文 5 篇（其中 3 篇为第一作者）、中国科技核心期刊论文 1 篇。现推免至中南大学湘雅医院肿瘤学专业读研。

黎艺嘉

黎艺嘉，曾参与国家自然科学基金青年科学基金项目 1 项，发表 SCI 论文 1 篇，以第一作者的身份发表省级期刊论文 2 篇。现推免至广州中医药大学中医内科学专业读研。

问：你们为什么选择中西医临床医学专业？

林敏：医学是我一直以来向往的方向，中西医临床医学专业兼顾中医学与西医学知识，且专业发展迅速，因此我在高考后以第一志愿报考了广医中西医临床医学专业。

黎艺嘉：填报志愿时，我了解到中西医临床医学专业融合创新了传统医学与现代医学。这既要求传承发扬中医传统文化，也要求融会贯通西医知识。怀揣这样的期待，我选择了中西医临床医学专业。

问：你们在本科期间有什么科研项目？

林敏：我以第三负责人的身份参加了以下两个省级大创项目。

项目“华蟾素通过 DCD-Nck 通路抑制大肠癌 LoVo 细胞活性的研究”是关于天然药物提取物华蟾素治疗大肠癌的效果的基础研究。

在传统中医理论中，华蟾素被认为具有治疗癌病（肿瘤）的作用，但其在治疗大肠癌中的具体机制尚不明确。我们设计了一系列基础实验，明确了华蟾素通过 DCD-Nck 通路抑制大肠癌细胞活性的具体机制，为华蟾素治疗肿瘤提供更多的现代理论依据。

项目期间，因为缺乏基础实验知识，我遇到了不少困难。但在老师和师兄师姐的指导下，我通过阅读文献、学习相关课程等，参与并完成了实验设计，明确了华蟾素对大肠癌细胞黏附、侵袭、转移能力的影响，及其对 DCD-Nck 通路的影响，并参与后续论文撰写。这个项目不仅让我对实验研究有了一定了解，也让我对肿瘤研究产生了兴趣，使我更加坚定选择肿瘤研究的道路。

在项目“腱鞘囊肿压力器的创作及疗效观察”中，我们设计了腱鞘囊肿压力器。这个压力器有弹力腕带，腕带上附着有可调节的加压器，加压器底端可对治疗后的肿囊患处进行外力加压。研究过程中，我们收集临床腱鞘囊肿患者的病例，并在手术（小针刀治疗）后用压力器加压，收集相应数据。通过数据对比、综合随访等，我们最终确定了压力器的临床效果：腱鞘囊肿压力器通过外力给予患处压力，有利于患处的恢复并能抑制囊肿再次产生。

黎艺嘉：2021 至 2023 年，我参与国家自然科学基金青年科学基金项目“养精种玉汤激活 Nrf2 通路改善多囊卵巢综合征子宫内膜容受性的机制研究”，主要负责动物实验、文献搜集、数据整理、论文撰写等。

该课题主要探讨养精种玉汤在 Nrf2 信号通路中，对多囊卵巢综合征子宫内膜损伤的保护机制，从而优化多囊卵巢综合征的康复方案。我们以 Nrf2 为切入点和创新点进行研究，研究成果可以为治疗提供明确的靶点和依据。该课题中，我以第一作者的身份发表省级期刊论文一篇。

问：你们在本科期间发表了哪些文章呢？

林敏：我以第一作者（共同第一作者）的身份在 SCI 期刊 *Annals of Clinical Microbiology and Antimicrobials* 和 *Clinica Chimica Acta* 发表 3 篇论文。其中，论文 *Systematic Evaluation of Line Probe Assays for the Diagnosis of Tuberculosis and Drug-resistant Tuberculosis* 通过使用系统评价和 Meta 分析评估了 LPAs（Line Probe Assays，线性探针检测）这种新型分子诊断方法对结核和耐药结核的诊断性能。

在临床中，由于结核具有隐蔽性和耐药性，结核治疗时常失败，因此，尽早和高效诊断耐药结核非常关键。LPAs 是一种能够有效快速获取诊断结果的分子诊断方法，在临床应用中值得被推广。但由于 LPAs 种类繁多，结核和耐药结核相对复杂，确定不同种类的 LPAs 在不同结核中的作用非常重要。

我们的研究进一步明确了 LPAs 在临床应用中推广的潜力，细分 LPAs，并与不同类型结核相联系，为 LPAs 的改良提供了参考。

黎艺嘉：我在 *The American Journal of Pathology* 上参与发表 SCI 论文 *Defective Uterine Spiral Artery Remodelling and Placental Senescence in a Pregnant Rat Model of Polycystic Ovary Syndrome*。研究通过观察暴露于 5- 二氢睾酮（DHT）和胰岛素（INS）的大鼠的临床表现，探讨高雄激素血症和 INS 抵抗这两种 PCOS（多囊卵巢综合征）中的常见表现是否会导致妊娠并发症的增加，为高雄激素血症和 INS 抵抗对孕期母体子宫 SpA（螺旋动脉）重塑和胎盘衰老的影响提供了见解。

问：你有哪些学术竞赛的经历呢？

林敏：我曾获得“万方杯”中南七省（区）高校“学术搜索挑战赛”省级三等奖。比赛期间，我已经搬到越秀校区，而比赛举办场地在番禺校区。番禺校区图书馆的老师为我们准备了单独的练习室和性能很好的电脑设备，让我们可以随时随地到番禺校区练习。练习过程中遇到问题，老师也在线上耐心解答。

准备比赛的过程中，我需要熟悉理工医文史不同数据库和对应的检索式，因此，我花了不少时间学习检索的相关知识，这对我的科研有非常大的帮助。了解不同学科数据库，让我有机会学习医学交叉学科的知识，比如生物信息学、医学人文历史等。

问：你们有哪些临床学习实践经历？

林敏：在辅导员吴星老师的鼓励下，我曾去到宝生中医馆学习中医传统技能，比如火龙罐、推拿、针刺、艾灸、刮痧等。虽然在平时的中医课程中，我已了解到这些中医技能，但“纸上得来终觉浅，绝知此事要躬行”。实践过程中，我已发现推拿、火龙罐都很不简单，需要耗费不小的力气，掌握发力技巧和不同的手法。在老师和师兄师姐手把手的教学下，我才逐渐熟练操作。

中医馆实践结束后，每次放假回家，我就成为长辈们的小医师，为他们推拿以缓解腰腿痛。在我看来，这些中医传统疗法不仅可以治疗疾病，也能传承传统中医药文化。

黎艺嘉：本科学习阶段，我参与学习了一些中医和西医技能。中医技能包括望闻问切、针灸、推拿、拔罐等，西医技能包括临床问诊触诊、体格检查、四大穿刺、心肺复苏、导尿术、脊柱损伤搬运术等。

此外，我曾是广州医科大学创业基地岐黄中医馆的合伙人。我在医馆中为顾客提供中医推拿、拔罐、美容等服务。在为顾客缓解病痛的过程中，我不仅有满满的成就感，还结识了许多志同道合的朋友。这段经历让我积累了针灸推拿等经验，也培养了我良好的市场敏锐度。

问：你们在本科期间参与了学生社团工作、比赛和研究等，你们认为这几个方面是如何相互促进的?

林敏：要做到平衡好学习、工作、休息，最重要的是提前做好规划。对此，我会给自己制定详细的学习任务，精确到每天的学习内容。

在学习上，我不会给自己过于繁重的任务，每天都留有休息和冥想的时间。撰写推文时，我会提前与小伙伴沟通好，并安排好自己撰写推文的时间，保证效率，不耽误部门的工作进度和专业课学习。

黎艺嘉：学生社团工作、比赛和研究三者共同促进。

我在社团里担任过策划，经常和团队成员开会，讨论活动方案，这锻炼了我的组织和沟通能力。参与科研与比赛，需要深挖某个问题，找出答案，这些能力就派上了用场，我能很好地和队友合作，一起完成复杂的项目。

问：在广医学习的时光，你们遇到了什么样的良师益友？

林敏：本科五年，我遇到的良师益友数不胜数。在科研上，郭旭光老师、谭永振老师、黄婉怡老师为我提供了许多指导和帮助。开学第一课的王新华教授、负责专业课的老师们、实习导师等，都曾为我解答日常生活和未来发展规划的困惑与难题。许多师兄师姐耐心地教我处理数据、修改检索方式，并指导我投稿修稿。

林敏（右）在实习时和广医一院中医科黄婉怡老师的合照

黎艺嘉：在广医，我遇到了胡敏老师、吴星老师以及许多讲课精彩、待人温和的老师，遇到了耐心的师兄师姐们，遇到了可爱的舍友们，他们都给我提供了非常多的帮助，让我在本科五年里能不断学习和成长，我非常感谢他们！

问：在未来的学习、科研、工作和生活中，你们将如何继续践行南山精神？

林敏：南山精神引导我明确理想，让我立志在肿瘤学领域深耕，为肿瘤患者带去更多希望，为国家肿瘤医学创新发展贡献力量。

未来，我会在南山精神的鼓舞下继续进步，保持严谨、实事求是的科学精神，追求卓越，努力推动我国肿瘤研究在世界范围内立足顶尖，为更多人带去希望。

黎艺嘉：未来，我将秉承南山精神，保持好奇心和求知欲，不断学习新知识，提升自己的能力和素质，增强社会责任感和使命感，为社会进步贡献自己的力量。

问：对于未来的研究与职业，你们有什么展望？

林敏：未来，我会继续深造，博士毕业后，我想从事肿瘤研究或临床研究相关工作。如果有机会，我希望自己能够回到广医的大舞台中，帮助广医培养更多医学人才，助力我国肿瘤医学的发展。

黎艺嘉：研究生阶段，我希望深化对肝胆疾病的研究，更全面地理解肝胆疾病的本质，通过不断努力和探索，在肝胆疾病的研究和治疗领域取得成果，为患者带来福音。

（文／林敏 黎艺嘉 何佳潞 梁静汶 黎靖虹 李颖丽 李松安 丁惜洁　图／受访者提供）

“公卫人”，太硬核啦！

解锁健康密码，预防先行！

刘颖、廖颍欣毕业于广医的国家级一流本科专业——**预防医学**。

刘　颖

刘颖，曾获中国毒理学会校园科普大赛优秀奖、广东大学生预防医学技能大赛一等奖，多次获国家级奖学金、南山医学奖学金、校级特等奖学金、优秀学生干部、优秀三好学生等荣誉，参与省级大创项目1项。现推免至厦门大学公共卫生与预防医学专业读研。

廖颖欣

廖颖欣，曾获广东大学生预防医学技能大赛二等奖、2022年广东省大中专学生志愿者暑期文化科技卫生“三下乡”社会实践活动优秀个人，多次获国家级奖学金、校级特等和一等奖学金、十佳学生干部等荣誉。参与省级大创项目2项，发表论文2篇。现推免至广州医科大学公共卫生专业读研。

问：你们为什么选择预防医学专业？

刘颖：填报高考志愿时，我了解到，相较于临床医学专业，预防医学专业注重疾病预防和健康促进，不仅关注个体的治疗，还关注人群的健康；此外我喜欢与人们交流，于是选择了预防医学专业。我的目标职业是成为一名疫苗研究领域的公卫医师。

廖颖欣：我认为把关口前移、做好预防，使群众少生病甚至不生病，能够提高全人群的生活质量和健康水平。当前，我国把“以预防为主”摆在更加突出的位置，我希望我也能够参与到维护全人群健康这项意义非凡的工作当中。

问：你们在本科期间有怎样的科研经历？

刘颖：我曾参与省级大创项目“长链非编码 RNA LINC_01722 在卵巢癌发生发展中的作用及分子机制研究”。在项目中，我学会了设计和进行分子生物学实验，并利用生物信息学方法对 RNA 序列进行分析，以发现潜在的调控机制。这些经验不仅增强了我的实践能力，还开拓了我的科研视野。

大二的“病原微生物”课上，邓自豪老师向大家介绍了霍夫曼免疫研究所的主要研究方向，并鼓励本科生参加科研训练，我立刻写了一封自荐信。后来，我如愿正式加入邓老师的课题组。

因为我对生物学和遗传学领域有着浓厚兴趣，所以我参与了临床罕见遗传病意义未明基因变异的果蝇模型鉴定及功能的相关研究。团队旨在通过果蝇模型，研究未明基因变异对临床罕见遗传病的潜在影响，这对于了解遗传病的发病机制和寻找潜在治疗方法具有重要意义。

在这个过程中，我收获颇丰。首先，我学会了设计和进行果蝇实验，包括果蝇饲养、基因突变体筛选、表型观察、果蝇的杂交和解剖等。其次，我学到了如何利用分子生物学技术进行基因克隆、转染和表达分析，从而揭示基因变异的功能影响。

其中，我也遇到了一些困难，例如保证果蝇大脑解剖的完整性、进行样本染色及体积计算等。每一次对样本染色和拍照，效果都不一样，这为我们计算果蝇大脑体积带来很大的困扰。但通过团队合作和老师的指导，我们不断改进实验方案，优化数据分析方法，最终取得了令人满意的效果。

这段经历对我来说具有重要的价值和意义。首先，它加深了我对遗传学和科研工作的理解。其次，通过参与实验室的项目，我学会了通过团队合作解决问题，提高了团队协作和沟通能力。最重要的是，这段经历激发了我对科学研究的热情和对未知领域的探索欲望，为我未来的学术生涯奠定了坚实的基础。

廖颖欣： 我参加了省级大创项目“广州市内高校大学生对新型冠状病毒肺炎疫苗接种意愿及影响因素分析”，主要负责检索文献、协助撰写论文前言和结论等。项目中，我学习了问卷调查的问题设计原则及调查流程、数据整理及分析方法、论文撰写步骤等。

当时我才上大二，还未学习“卫生统计学”“流行病学”等专业课程，难以理解项目的研究方法和数据分析操作等。对此，陈开举师兄给我们耐心讲解，让我们清晰地了解研究的整个过程。项目组成员氛围融洽，我们最终顺利完成项目。此前，我曾认为科研离我很远，但这个项目让我对科研产生了兴趣，是我后续主持项目的铺路石。

我主持了省级大创项目“医科类院校大学生领导力培养现状分析——以广州医科大学为例”，并作为成员参加了省级大创项目“不同食品加热电器烹饪过程产生致癌物苯并 [a] 芘含量比较及使用建议”。在项目中，我发现预防医学维护的是人群健康，从人群切身实际出发，才能更好地促进其健康水平的提高。

此外，我曾在《中国公共卫生管理》期刊上发表论文《广州市内高校大学生对新型冠状病毒肺炎疫苗接种意愿及影响因素分析》。我们通过调查广州市内大学生对新冠相关知识的知晓情况，了解广州市内高校大学生对于新冠疫苗的接种意愿并分析影响因素，从而帮助政府相关部门有针对性地提出对策，为大范围疫苗接种工作的开展提供科学依据。

问：你们有哪些学术竞赛的经历？

刘颖：我曾参加中国毒理学会校园科普大赛并获得优秀奖，我们的科普作品是《染发千万条，适度第一条》。在课堂中，我了解到染发可能对身体造成危害，并且我的家人也有染发，这促使我深入了解染发的潜在危害，并决定以此作为科普作品的主题。

准备比赛时，我和队员在杨巧媛老师的指导下进行了系统的学习和研究，包括阅读相关领域的文献资料、进行数据调研、制作视频等。杨老师给予了我们非常细致的指导。

此次比赛不仅加深了我对毒理学知识的理解，还让我学会将专业的科学知识以通俗易懂的方式呈现给大众，提高了我的科普能力和沟通技巧。更重要的是，我认识到毒理学在社会生活中的重要性以及科学传播的价值。

出于对预防医学领域的热爱，以及对自己专业技能的信心，我参加了广东大学生预防医学技能大赛并获得一等奖。参赛过程中，我学习了预防医学相关的理论知识和实践技能，例如预防医学“三大卫生”、流行病学、卫生统计学相关理论知识和SPSS 软件实践操作技能等。在紧张的比赛环境下，我作为小队长，带领我们名为“从容应队”的队伍，密切合作，共同克服困难，最终取得了优异的成绩。

这次参赛经历给我很多启发。首先，我意识到预防医学不仅需要理论知识，还需要实践能力。其次，我深刻体会到团队的力量，每个人的贡献都是不可或缺的。最后，我对自己的职业发展方向有了更清晰的认识，为未来的学习和工作打下了坚实的基础。

刘颖（后排左四）在第八届广东大学生预防医学技能大赛决赛现场

廖颖欣：我曾参加广东大学生预防医学技能大赛并获得二等奖。备赛过程中，学院针对临床技能、个体防护、卫生处理、样品采集、现场检测等几个方面的基本操作技能，邀请了临床、专业课、疾控三个领域的老师，对我们进行全方位的培训。

培训过程中，我们对这些实操技能有了更全面、深入的认识，还了解了疾控相关部门的工作内容，这对我们未来就业有一定的帮助。此外，备赛经历培养了我们的团结意识，每项操作都有很多小细节，更加考验团队合作和集体智慧。

问：你们有哪些专业实践经历？

刘颖：广州市疫情严峻时期，作为一名学生党员，我始终牢记党员的使命任务，希望为疫情防控贡献力量。

我们班级是卫生应急特色班，身为应急班的一员，我认为参加疫情防控支援活动是一次良好的实践机会，可以帮助我们更好地了解“公卫人”的实际工作。

我主要参与广州市海珠区社会面传播情况的风险研判，包括撰写风险评估情况、制作疫情传播链条图、分析数据等工作。

工作期间，有一项任务让我印象深刻：我们团队需要制作一个分地区、时间的计数图，并在此基础上再分 3 类进行分析，且任务紧急。之前我们都没有做过类似的图，经过综合思考并寻求帮助后，我们确定了需要做的是多系列堆积柱图。在大家的共同努力下，我们最终及时完成任务，我感到高兴和自豪。在这项工作中，我还学会了新的数据处理和图表制作的技术方法。

廖颖欣：预防医学卫生应急特色班由我校和广州市疾病预防控制中心联合培养。疫情防控期间，市疾病预防控制中心向我们发出紧急召集令，开展疫情流调溯源工作。

作为一名“公卫人”，能够参与专业相关的重大公共卫生事件是十分有意义的；作为一名党员，参与疫情防控工作是应有的担当，我希望以实际行动展现青年党员英勇奋斗、担当作为的精神面貌，因此我坚定地参加了这项工作。

我被分配到广州市卫健委的 120 指挥中心数据组，主要参与收集患者的120转运需求。我曾参与过多项工作：一是需要对新发病例特点进行汇总、梳理疫情传播链条并绘制成图，我为此学习了图示软件的使用技巧；二是需要呈现出全市、各区新发病例的基本概况，我为此学习了Power BI软件的使用。同时，我也学会了以大局观来思考链条的影响范围，抓住链条的主要矛盾。

问：你们在本科期间参与了学生社团工作、比赛和研究等，你们认为这几个方面是如何相互促进的？

刘颖：比赛和科研都是展示才华与能力的舞台。科研项目为我们提供了深入学术领域的机会，让我们进行系统性的研究，培养开展科学研究的方法论和实践能力。参加比赛则可以让我们将课堂所学知识应用到实际问题中，锻炼解决问题的能力和创新思维。

我曾参加"万方杯"中南七省（区）高校"学术搜索挑战赛"，比赛考查学生对各个数据库网站的熟悉程度和快速检索能力，而文献检索能力是科研的基础。因此，我认为比赛和科研两者相辅相成，能够全面提升学术水平和实践能力。

廖颖欣：我认为这三者是相通的。第一，在学生工作中，我们要组织开展各项活动，比赛和科研也要求团队完成各阶段任务，重视领导管理能力、团队合作意识、沟通技巧等综合素质的应用。第二，开展学生工作或参加比赛、科研拓宽了我的人际交往范围，能很好地向他人展现自己，让我获得更多经验和科研机会。

问：在广医学习的时光，你们遇到了什么样的良师益友？

刘颖：我的辅导员许华剑老师，学生党支部的路成浩老师，实验指导邓自豪老师，以及多次指导我参加比赛的杨巧媛副院长、杨萍老师和练玉银老师等，都在我学习和生活遇到困难时，给予我及时的帮助。

在准备广东大学生预防医学技能大赛期间，杨萍老师作为我们小组的指导老师，总是非常耐心地指出我们小组的问题，帮助我们改正提升。在准备 2023 年首届全省大学生健康素养知识与技能竞赛的情景剧表演时，老师从理论答题、知识抢答和剧本打磨等多个方面进行指导，最后，在老师的带领和大家的努力下，我们在两个比赛中分别获得了省级一等奖和优秀奖。

刘颖（右一）与“动物疾病模型”小组成员向邓自豪老师（左二）赠送教师节礼物

此外，感谢陪伴了我近五年的舍友们——梁润萍、蒋雯雯和李梓彦。在学习上，我们互相帮助，共同进步；在生活上，我们相互照顾，互相关心。我们共同获得了校“优秀文明宿舍”、“最佳志愿时”宿舍二等奖等荣誉。同时，我们宿舍全员上岸心仪的学校，将继续攻读研究生。

廖颖欣：2017级的钟佳材师兄对我影响很大。他担任学院学生会主席期间，每个活动都能看到他的身影。

大二时，我担任了学院学生会副主席，校运会中的本学院的入场方阵由我跟进。由于未能很好适应角色转变，加上经验不足，我在工作上出现了疏漏。当时，方阵彩排的效果不尽如人意，需临时修改方案，一瞬间的压力差点将我压垮。这时，已退任的钟佳材师兄找到我，给予我很多鼓励和建议，让我重拾参与竞选时的决心和勇气，最终顺利完成这项任务。

我还要感谢路成浩老师。从大一的小干事到现在的支部委员，五年来，路老师总能在工作上及时指出我的不足并给予建议。有一次，我接收到对某位学生干部不作为的投诉，就此情况，我与路老师进行了激烈的讨论，他冷静分析，辩证地看待这个问题，并提出下一步解决办法。很多时候，路老师并不会直接告诉我应该做什么，而是提出问题，让我独立思考应该怎么做。他常常给我启发，让我在思想、工作上成长了许多。

问：在未来的学习、科研、工作和生活中，你们将如何继续践行南山精神？

刘颖：在广医人的心中，南山精神已经转化为一种强大的前进力量。在未来的学习、工作和生活中，我将继续以钟南山院士等优秀广医人为榜样，朝着自己的人生理想不断前进，真正为守护公众健康贡献自己的一份力量。

廖颖欣：我认为南山精神诠释了卓越医学人才所具备的核心素质，也是引领广大医学生艰苦奋斗、实现自我价值的强大精神力量。在未来的学习、工作、生活中，我要将南山精神内化为实际行动，成为综合素质高、专业能力强的医学人才。

问：对于未来的研究与职业，你们有什么展望?

刘颖：研究生阶段，我希望深入学习和实践，参与疫苗研究项目，深入了解疫苗的研发、生产和应用过程，学习最新的疫苗技术和方法，掌握相关实验技能和数据分析能力。

未来，我渴望在疫苗领域做出自己的贡献，为保护人类健康贡献一份力量。同时，我也希望能够参与疫苗推广和宣传工作，增强公众对疫苗的认识，促进疫苗接种率的提升，有效预防和控制传染病的传播。我希望能读博深造，毕业后成为一名“疫苗研究型公卫医师”。

廖颖欣：研究生阶段，我希望能扎实学习专业知识，尝试在重要的学术期刊发表论文，积极参加专业学术论坛和比赛，提升科研能力。业余时间，我还想培养一些新兴趣和技能，如摄影、跑马拉松等。

未来，我即将开展慢性病的研究，我计划在参与志愿服务时，将成果融入健康宣教中，让更多人受益。毕业后，我希望在疾控领域工作。

（文/刘颖 廖颖欣 刘芷莹 陈放新 吴桐 丁惜洁　图/受访者提供）

助人助己，他们是广医“心”探！

探心求真，担当新时代青年“心”使命！

姚春立、苏烁威毕业于广医的国家级一流本科专业——**应用心理学**。

姚春立

姚春立，曾获广东省心理健康和精神卫生公益科普视频大赛二等奖，校级一等奖学金、优秀三好学生、优秀共青团干部、优秀学生干部、优秀志愿者等荣誉。参与国家级大创项目 2 项，分别主持省级大创项目、广东省“攀登计划”专项资金项目各 1 项。以共同第一作者的身份发表 SCI 论文 1 篇，以第二作者的身份发表北大核心期刊论文 1 篇。现推免至西南大学基础心理学专业读研。

苏烁威

苏烁威，曾获第十七届“挑战杯”广东大学生课外学术科技作品竞赛三等奖、2023 年（第九届）全国大学生统计建模大赛省赛三等奖、广东省心理健康和精神卫生公益科普视频大赛“科普视频组”二等奖，多次获得校优秀三好学生等荣誉，发表 SSCI 论文 1 篇。现推免至华南师范大学应用心理学专业读研。

问：你们为什么选择应用心理学专业？

姚春立：兴趣驱使我选择心理学。

我对心理学的了解源于一次讲座。在讲座中，清华大学认证积极心理学指导师罗丹阳老师讲述了一个心理学概念：成长型思维。她告诉我们如何培养成长型思维，引导我们关注自我成长和自我实现。那是我第一次感受到心理学独特的魅力，并产生了学习心理学的兴趣。

苏烁威：我选择心理学的初心是想助人助己。

一方面，在中学时期，有很多好友向我倾诉过他们遇到的心理困扰，当时的我非常希望未来能够学习专业知识，帮助遇到心理困扰的人们；另一方面，心理学是一门研究人的心理现象发生、发展及其规律的学科，出于好奇心，我想深入探究人的内心世界，更好地了解他人，同时更清晰地认识自我。

问：你们在本科期间有怎样的科研经历？

姚春立：我曾作为第二负责人参与国家级大创项目“构念类型的短期启动改善社交焦虑和注意状态”。该课题采用脑电相关技术，探究启动自我构念对高社交焦虑群体和低社交焦虑群体的作用机制，尝试从更加客观科学的角度揭示社交焦虑个体的脑电波特点及自我构念缓解社交焦虑的具体工作机制。后续，我作为负责人主持省级大创项目“自悯对大学生社交焦虑的影响机制及心理干预”，这一项目是在前一课题基础上的探索和延伸。

在两个项目中，我都负责了实验程序的编写、实验数据的收集以及论文的撰写。在做项目的过程中，我常常面对阴性的实验结果。刚开始总觉得难以适应，几个月的努力仿佛化为泡影。后来，我慢慢学会了激励自己去思考：是否能从另一个角度看待问题？实验设置是否还有疏漏的地方？借由这种思考方式，我不断总结实验中失败的教训，不断改进。参与项目的经历极大地磨砺了我的心性，并提升了我的自学能力。

姚春立（前排右二）在广东省神经科学学会学术年会现场

苏烁威：我有幸参与了我的导师田丽丽老师的一项国家自然科学基金项目“中小学生网络欺负的纵向研究：影响因素及其心理机制”，主要负责实践调研和结题报告撰写的工作。参与过程中，我接触并学习到了很多前沿的科学问题和数据分析方法，这扩展了我的研究视野和思维，也激发了我的热情，促使我对青少年心理健康研究领域进行更深入的探索。

我作为第一作者在SSCI期刊 *Journal of Psychosocial Nursing and Mental Health Services* 发表论文 *Effect of Parental Psychological Control on Attitudes toward Seeking Professional Psychological Help in Senior High School Students: The Serial Mediating Effect of Rejection Sensitivity and Social Withdrawal*。该文章基于具有中国特色的社会文化背景和教育制度进行探究。研究发现，父母教养方式与高

中生寻求专业性心理帮助的态度密切相关，同时揭示了个体的认知、情感反应和社会交往倾向等因素在其中的作用机制。

我作为负责人主持了一项国家级大创项目“新医科建设体系下医学生感知医患关系对心理压力的影响机制研究”，我主要负责确定研究选题、撰写和修改申报书、组织开展研究、分析数据和撰写论文等。

问：你们有哪些社会调研的经历？

姚春立：我在高爽老师课题组的工作中对青少年儿童这一群体有了更多的了解。

我们曾去到小学做实验，其中一个环节是让孩子们写下自己觉得重要的三个优点及原因。有个孩子写下了三个优点，原因都是“妈妈说这很重要”。这引发了我的思考：很多思维方式和习惯都是由外界影响形成的，自我意识需要不断累积才会进行突破。我们的大脑是怎么去处理这些信息呢？大脑的发育过程和环境之间的交互作用又是怎样的？在调研过程中，我对基础心理学有了更浓厚的兴趣。

姚春立（右四）前往京师奥园南奥实验学校（小学部）开展实验后合影

苏烁威：科研中的社会调研环节令我收获颇丰。一方面，我充分认识到了实际社会调研的艰辛。尤其是各种突发状况的应对，对调研员的综合素质有很高的要求。另一方面，参与社会调研后，我进一步认识到科学研究的每一环节都是至关重要的，需要我们以认真、严谨和细致的态度去对待。

问：心理学的学习于你们个人成长而言有何助益？

姚春立：我最大的收获是心态方面的转变。通过学习心理学相关知识，我的自我认知能力不断增强，在和他人的相处过程中，我能更好地倾听他人的观点，理解他人的情绪。

苏烁威：一方面，在心理学的求学中，我逐渐坚定了在心理学的道路上不断发展，并发现了自己感兴趣以及合适的研究方向。另一方面，学习心理学让我更加了解个体心理现象的发生、发展及其规律，帮助我更加从容、淡定地面对挑战，享受生活。

问：你们在本科期间参与了学生社团工作、比赛和研究等，你们认为这几个方面是如何相互促进的？

姚春立：首先，学生工作很大程度上拓宽了我获取信息的渠道，促进了我在科研方面的发展。担任广医学生科技协会会长一职期间，我了解到了很多与科研有关的信息，包括各类项目及其参赛条件等，让我能够更好地准备各项比赛及项目。

其次，比赛和科研两方面相互依存、相互促进。比赛为我们提供了一个展示自己研究成果的平台，而成熟的成果展示少不了前期科研的积累和沉淀。同时，参加比赛可以在一定程度上反映研究成果，促使我们做出调整和改进。静下心来思考自己感兴趣的方向，并脚踏实地开展相关工作，才能二者兼顾，且有所收获。

姚春立（右六）在“挑战杯”现场

苏烁威：我认为三者既相互联系，又相互促进。

参与学生工作增强了我的组织和沟通能力，同时锻炼了我解决问题的能力和团队合作的精神，这些品质在我参加比赛和科研项目时起到了至关重要的作用。参加学科竞赛让我能在公开场合更加自如地展现自己，自信大方地面对挑战。参与科研的经历让我更有耐心、更专注地完成工作任务。

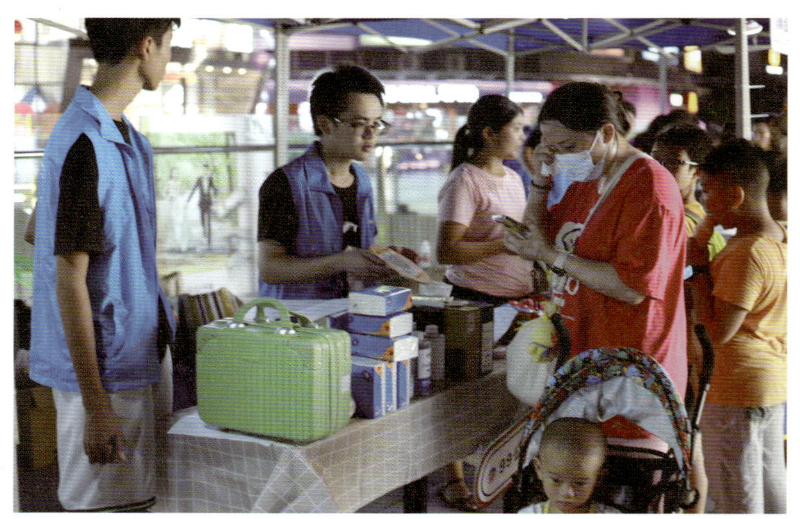

苏烁威（左二）参与流动儿童捐赠图书义卖活动

问：在广医学习的时光，你们遇到了什么样的良师益友？

姚春立：在广医学习的4年里，对我影响最大的是两位好老师——高爽老师和张雪琴老师。在此，我非常感谢她们！

高爽老师在推免过程中给予我很大的帮助。大三时，因为英语六级成绩不理想，我在申报保研夏令营时屡屡被拒，十分焦虑。高爽老师一直鼓励我再试试，并在择校方面给了我很多有参考价值的建议，我能够成功上岸离不开她的支持和指导。

张雪琴老师在科研方面给了我很多系统性的指导。大二期间，每次去她的办公室汇报项目的数据进展时，张老师总会耐心倾听，不断引导我思考和尝试，这很大程度上培养了我对科研的兴趣。

苏烁威：我首先需要感谢的是高爽老师，她非常负责任，是我科研道路上的“引路人”。高老师的耐心指导和帮助，让我从“科研小白”一点点成长；同时，她也是和我们互相分享生活美好的知心朋友，无条件地给予我关心和支持。

尚鹤睿院长是我的大创项目的指导老师，在确定研究选题、设计研究思路和开展研究上，她都给了我非常多指导，耐心帮我解决问题，这对提升我的项目质量起到了很关键的作用。

张雪琴老师是我在参加“挑战杯”竞赛时的指导老师，老师经常关心、鼓励、支持和信任我们，给予我在科研道路上继续探索的信心。

问：在未来的学习、科研、工作和生活中，你们将如何继续践行南山精神？

姚春立：南山精神是一种强大的力量，它时刻提醒着我们作为广医人应该秉持着勇于担当、实事求是的精神。在今后的学习、科研、工作和生活中，我将时刻提醒自己不忘初心，潜心钻研，不断突破自我，为推动国家的现代化进程贡献自己的力量。

苏烁威：南山精神是甘于奉献的担当，是不甘落后的进取，是实事求是的态度，也是奋斗不止的精神。

在未来的学习、科研、工作和生活中，我将继续心系家国，勇于担当社会责任，以严谨、细致的态度完成工作和学习任务，以敢于突破、追求卓越的拼搏韧劲迎接未来的挑战，同时以甘坐“冷板凳”的心态在科研道路上继续前行，为能真正解决实际问题不断努力。

问：对于未来的研究与职业，你们有什么展望？

姚春立：我会继续攻读基础心理学方向的博士学位，深入探索感兴趣的研究问题。

苏烁威：科研和教学都是我热爱和向往的方向。未来，我会继续攻读博士学位，争取成为一名有能力、有温度的高校教师。

（文/姚春立 苏烁威 万梓恒 梁昕悦 林以彤 刘雨昕 丁惜洁 图/受访者提供）

当护理遇上数字健康，太酷啦！

用心呵护，敬佑生命，救死扶伤，大爱无疆。

李霖敏、梁伊雯毕业于广医的国家级一流本科专业——**护理学**。

李霖敏

李霖敏，曾参与校级大创项目1项，多次获得国家级奖学金、金域奖学金、校级特等奖学金以及优秀三好学生、优秀学生干部等荣誉。现推免至广州医科大学护理学专业读研。

练计划项目2项，获得第十七届"挑战杯"广东大学生课外学术科
品竞赛校赛三等奖、2023年第二届
邀请赛二等奖；积极参加志愿服务
者、优秀共青团员等荣誉称号。
院：公共卫生学院
免录取学校：广州
免录取专业

梁伊雯

梁伊雯，曾担任院团委学生会团委副书记，获校级优秀共青团干部等荣誉称号。现考研至广州医科大学护理学专业。

问：你们为什么选择护理学专业？

李霖敏：疫情防控期间，我陪家人去医院看病，白衣天使们耐心、专业的工作形象让我对这个职业产生了兴趣。经过本科阶段的深入学习后，我了解到白衣天使的形象背后，是大量知识和技能的学习、沉淀。同时，护理学专业也给我提供了获得感和不错的职业发展前景，我因此更加坚定了从事这份职业的决心。

梁伊雯：学医是我一直以来的梦想，我希望能够运用自己的知识和技能帮助人们与病魔斗争；通过我的护理，让患者逐渐康复，并恢复正常的生活能力。这种成就感，让我充满力量，更让我感受到了自我价值。

护理学具有科学与人文双重属性，临床护理、康复护理、心理护理、人文护理和安宁疗护均是护理的重要组成部分。护理学与我们的生活联系紧密，贯穿伤病预防、症状管理、功能恢复等一体的全方位照护。

护理行业在未来有着多样化的发展方向。随着大健康理念的变化，护理学也呈现出内涵式发展与外延式发展并进的趋势。国家对于高质量全方位的护理学人才的需求逐渐增加。

问：实习经历为你们带来怎样的收获？

李霖敏：长时间的潜心学习，可以学到很多东西，比如动静脉采血、静脉输液、留置导尿等基础护理操作以及针对不同专科疾病患者的专科护理技能。实习中，我感受到理论不能脱离实践，临床是不断变化发展的。

梁伊雯：我曾在广州市第一人民医院的急诊科、手术室、脊柱外科和肝胆外科等科室实习，收获很多。

首先，我深入了解了各科室的主要疾病、重点专科护理内容，巩固了护理文书的撰写、基础护理操作、护理管理、护理质量管理等相关专业知识和技能。

其次，我感受到了护理专业的价值。我作为一名护理学生，在临床发挥作用，给予患者专业的护理要点解答、熟练的护理操作。

再次，我提升了沟通能力。一次胃镜检查结束后，我们为一位老人置入胃肠减压管，他对此情绪激动，想要自行拔管。

我们向其解释：检查结束置入胃肠减压管是为了引流胃内容物，利于及时发现是否存在胃出血的情况，并且只是暂时置入，待确定无胃出血情况后即可拔除。我们通过耐心说明，老人最终理解，并顺利完成检查。

最后，我还将自己所学的知识充分运用在实习过程中，并且积极向临床老师提问，获得了许多在学校里接触不到的临床经验。

梁伊雯在医院实习

问：境外的交流经历为你带来怎样的收获？

梁伊雯：我曾参加新加坡国立大学线上交流项目“数字健康与护理信息学”。此课程不仅扩宽了我的知识面，同时也为我的职业规划提供了参考。

参加项目前，数字健康与护理信息学对于我来说是一个比较陌生的概念。通过参加这一课程，我逐渐了解了护理信息学的基本条件、技术要求和临床正在使用的护理信息学技术。

电子健康解决方案的新兴技术，如电脑硬件、网络域，以及 RFID（射频识别）芯片等无线技术，都是信息学在健康领域的应用。

患者的医疗信息一直以来被视为患者重要的个人隐私。通过"患者数据隐私与安全"这门课，我了解了患者隐私范围、信息安全术语、隐私的基本原则、隐私政策、信息安全知识以及护士在其中的角色。

同时，我认识到成为一名信息学护士需要具备的基本素养，以及信息学在教育、研究、实践、管理等领域发挥的作用。随着数字技术大规模渗入远程诊疗、移动健康、智能化健康穿戴设备等健康领域，数字健康服务正在日益深刻地改变人们应对健康挑战的方式。

在 5G 时代，护理信息化、智慧化、移动化建设不断加快，护理人员的工作效率和质量以及护理服务的满意度和可及性有望不断提高，我希望自己能不断努力，成为跟得上时代发展的信息学护士。

问：你们在本科期间参与了学生社团工作、比赛和研究等，你们认为这几个方面是如何相互促进的？

李霖敏：我从大一就开始积极参加社团活动，不断向师兄师姐们学习，逐渐积累经验。我担任学院志愿队的队长，主要负责统筹开展志愿活动，包括联系社区基层工作人员和开展志愿活动的机构、策划活动方案、准备活动物资、做好活动记录等工作。同时，以专业的技能知识和爱心关怀、照顾他人，为他们提供良好的护理照护、志愿服务。

学生会的工作锻炼了我的人际交流能力和处理问题的能力，参加科研、比赛能锻炼我的学术能力，社团活动能缓解我的学习工作压力，让我和其他同学建立起友谊。有时三者会发生冲突，但我可以把这三者看成游戏的不同任务，完成任务就像打怪升级，在此过程中，可能会爆出“经验”和“金币”，带来很多收获。

梁伊雯：大学期间，我在掌握了专业课知识和操作技能后，积极参加社区开展的血压测量、艾灸等志愿服务，将自己所学的知识与社会实践相结合。在团委学生会工作期间，我需要与不同背景的人交流、协作，这大大锻炼了我的沟通能力和心理素质。

得益于以上经历，在医院实习期间，我能够主动与患者沟通，评估他们的病情变化，了解他们的心理状况，及时给予他们帮助。强大的心理素质让我在考研期间能够静下心来，专心复习，最终取得让自己相对满意的成绩。

问：广医学习的时光，你们遇到了什么样的良师益友？

李霖敏：欧丽娅老师是我的辅导员。我曾经为实习感到焦虑，欧老师主动与我聊天，时刻关注我的身心健康；生活上，她经常关心我们的勤工需求；毕业之际，她也十分关心我们的就业情况，转发招聘信息，并鼓励我们参加各种招聘活动。

我的同学陪伴了我四年，课堂之上，我们积极讨论；操作练习时，我们相互帮助；实习时，我们互相陪伴，他们让我的学习之旅不再孤单。

梁伊雯：李荣华老师是我的本科导师。大学四年期间，她一直关心我的学习规划以及生活情况。她严谨地指导我写作论文，指出论文的细节问题，并且给出详细的修改意见。在实验课上，她认真观察我的操作，指出我在问诊时采用不恰当的暗示式提问等问题。

欧丽娅老师是我的辅导员。在大学四年，她认真负责，倾听我们的建议，尽自己所能解决我们学习、生活上的问题。考试前，她会细心提醒同学们考场注意事项；毕业前，她在学生群里转发就业信息，积极主动地关心我们的就业和升学情况；日常生活中，她主动关心我们的健康状况。

我和我的同班同学在学习、生活上互帮互助，完成小组学习任务时互相鼓励，实习时分享实习经验，在取得一定成绩时，给予对方肯定。

问：在未来的学习、科研、工作和生活中，你们将如何继续践行南山精神？

李霖敏：在学习中，贯彻实事求是的科学精神。在科研中，敢于求真。在工作上，以追求卓越的冲劲，踏踏实实做事。

梁伊雯：作为一名广医的学生，我们要敢于承担社会责任，怀有实事求是、严谨认真的态度，对我们的患者负责，将患者的健康安全放在第一位，帮助患者早日康复。

医学的发展没有终点，我们要坚持终身学习的态度，保持谦虚，不断学习，不断进步，追求卓越，做更好的自己。

问：对于未来的研究与职业，你们有什么展望？

李霖敏：在学习专业课程的过程中，我发现与患者的沟通是一门大学问。一位优秀护士的专业性，不仅体现在知识和技能方面，更加体现在与患者的沟通和护理教育方面。

在未来，我想继续深入学习本专业，基于临床实际，探索更多、更好的能为患者减少痛苦和顾虑的沟通方法，牢记从事护理工作的初心，为提升医疗服务质量和推动护理事业发展贡献力量。

梁伊雯：首先，我会坚持临床护理的初心。良好的医学知识储备是护理患者的基础，我们要运用临床辨证思维分析患者病情，进行护理评估，为其提供个性化护理。在临床中，我要不断锻炼自己，将理论与实际相结合，巩固护理学知识。

其次，紧跟时代发展，让科技赋能护理。探索和创造护理学领域的更多可能性，争取成为一名全方位发展的护理学人才。在参加数字健康和护理信息学课程之后，我认识到科技赋能护理学科的不断发展。我们需要参与信息系统的研制，提供预见性的干预措施，才能成为一名出色的护理信息学护士。

（文／李霖敏 梁伊雯 陈锐云 吴桐 万梓恒 丁惜洁　图／受访者提供）

医法相融、知行合一，他们超有才！

医法相融，为卫生健康法治贡献力量！

许圣章、余浩哲毕业于广医的省级一流本科专业——**法学**。

许圣章

许圣章，曾获广东省法学会知识产权法学研究会 2023 年学术年会会议论文一等奖，广东省法学会卫生法学研究会 2022—2023 年学术年会会议论文二等奖，第六届、第七届全国学生“学宪法 讲宪法”广东省演讲比赛三等奖，广州医科大学版权征文比赛一等奖，多次获校级特等奖学金、一等奖学金、优秀三好学生等荣誉。主持国家级大创项目 1 项，发表论文 4 篇。现推免至南京理工大学法学专业攻读学术型硕士。

余浩哲

余浩哲，曾获广东省法学会卫生法学研究会2022—2023年学术年会会议论文二等奖、三等奖，广东省法学会卫生法学研究会2021年学术年会会议论文优秀奖，江苏省卫生法学会2023年学术年会优秀论文奖，2023年新时期新形势医药卫生法治研讨会优秀论文奖，第七届全国大学生学术英语词汇竞赛全国一等奖，广州医科大学2022年“学宪法 讲宪法”演讲比赛一等奖，以及国家级奖学金、金域奖学金、校级特等奖学金、优秀三好学生、优秀共青团干部等荣誉。以第一负责人的身份主持国家级大创项目1项，发表论文1篇。现推免至苏州大学法学专业攻读学术型硕士。

问：你们为什么选择法学专业？

许圣章：选择法学专业不仅让我学会以理性的眼光看待纷

繁喧嚣的世界，还让我更加深入地理解中国特色社会主义法治体系。

广医法学有“医法融合”的专业特色，我们学习法学理论知识和实践技能，既能掌握“兴功惧暴、定分止争”的基本法律工具，还能为卫生健康法治建设贡献力量。

余浩哲：法学是正义之学，作为一名文科生，我受到“为天地立心，为生民立命，为往圣继绝学，为万世开太平”这句格言的影响，选择了我热爱的法学专业，希望能尽自己的力量，展现法律人的良善。

广医的法学专业将法律与医疗卫生相结合，理论学习与专业实践并重，使我们更深刻地领悟全面依法治国基本方略，激励我们努力在法学领域深耕。

问：你们在本科期间有哪些科研项目？

许圣章：我主持了国家级大创项目“疫情常态化防控下互联网诊疗监管法律机制研究”，主要负责文献检索、数据分析和论文撰写的工作。该项目灵感来源于我帮妈妈在某医院 App 上进行线上诊疗与买药的经历。

我设想：互联网诊疗服务是否存在法律监管失职或怠政等不当情形？人工智能替代医师诊疗是否会出现一些法律问题？通过查阅相关文献，我发现这类问题具有现实紧迫性、交叉性、创新性，所以申报了这个项目。

此外，我还参与了校级高等教育教学改革项目“卫生法教育模式比较研究”、院级高等教育教学改革项目“广东省高校教学教育惩戒行为法律规制实证研究”。

我认为，如果想参与更多课题项目，最重要的是积极主动与老师沟通。通过在课堂上与老师互动、平日多和老师沟通交流等方式，我如愿获得很多科研机会。

许圣章（右一）参加广东省法学会知识产权法学研究会 2023 年学术年会获奖征文颁奖仪式

余浩哲：我主持了国家级大创项目“疫情防控常态化下个人信息的法律保护——以大数据疫情防控切入”。

疫情引发了诸多法律问题，其中一个重要议题是疫情下的个人信息保护问题：如何在疫情等特殊情况下确定个人信息保护的范围和限度？如何以防疫为目的，使用并合理保护包括位置信息在内的个人信息？

我主要负责项目整体统筹和文章撰写，最终发表了 1 篇文章。研究认为，法律在强调个人信息保护的同时，也要注重保护限度，处理好个人信息保护与使用之间的关系。

余浩哲参加广东省法学会卫生法学研究会 2022—2023 年学术年会

问：你们在本科期间发表了哪些文章？

许圣章：我在《教育探索》发表论文《高校教育惩戒适用新困境及其法律规制研究——基于广东省高校调查的实证分析》。文章通过将高校教育惩戒制度与《中小学教育惩戒规则（试行）》进行不同学段的比较分析，提出了有效的法律规制建议。

我还在《实证法学研究》发表论文《论医疗美容损害鉴定的司法困境反思与完善建议——基于 267 份裁判文书的实证分析》。文章对 267 份医美纠纷判决书进行初步实证分析，研究"伤残等级程度""过错行为与损害结果的因果关系原因力"的司法适用困境，进而剖析上述困境与相关典型案例的法律症结，并据此提出建议。

余浩哲：我在《中国卫生法制》发表论文《大数据时代下个人健康信息的法律保护与合理使用》。文章主要从个人健康信息的概念、特征切入，阐述当下个人健康信息法律保护所面临的困境与解决路径，明确其合理使用的范围，为促进我国个人健康信息法律保护体系的完善提供参考。

问：你们在科研路上有什么收获和启发？

许圣章：主持科研项目对我而言收获颇丰，我不但实际运用了在课堂上学习到的法学写作和文献检索等技巧，也积累了论文投稿经验。

例如，在检索医疗美容损害相关案件时，除了“中国裁判文书网”和“北大法宝”等常用网站以外，还可运用“小包公智能法律平台”等具有实证分析功能的数据库；在检索国外相关资料时，除了使用 Westlaw 外，还可以前往域外行政部门的官方网站进行查询。

我认为打磨出好论文，要分三步走：第一步，基于个人选题方向和兴趣，甄选相应顶级期刊（如 CLSCI、CSSCI 等）的法学论文并仔细研读；第二步，对所选优秀法学论文的问题意识、体例、论证思路等进行“临摹”，即使实质内容暂时无法做得很好，也可以练习论文的格式和框架，确保格式框架的规范；第三步，好论文不是一蹴而就的，需要反复修改，可以请老师、同学、师兄师姐对论文提建议，投稿时，还需结合期刊返修意见进行修改。

余浩哲：以“疫情防控常态化下个人信息的法律保护——以大数据疫情防控切入”课题为例，我认为该课题带给我三方面的收获。

一是选题很重要，只有研究方向具有研究价值和实际意义，课题才有继续深挖的可能性和必要性。我们可以借鉴领域内的顶级期刊、顶级文章，寻找灵感。

二是我对个人信息保护以及数字法学方向的理论有了更加深入的了解，这大大拓展了我的学术视野。同时，撰写科研文章的经历极大地提升了我阅读与总结文献、撰写文章的能力。

三是我认识到，在社科类科研中，尤其是政策性较强的专业领域，要注重研究项目的时效性。当时，文章一直在修改，2023 年初才投稿，恰逢国家政策发生变化，导致文章需要再一次大改，但好在最后顺利投稿并结项了。

问：实习经历为你们带来怎样的收获？

许圣章：通过本科期间多段法律工作的实习经历，我体验到了不同法律工作的差异，也明确了自己未来择业的方向。

法院与仲裁院的实习工作比较一致，二者都是中立的当事人纠葛解决机构，主要工作包括书写判决书、裁决书、开庭笔录、调解书，邮寄当事人案件材料，协助开庭工作，等等。

律所的实习工作是受单方当事人的代理委托，就一起或多起纠纷提起诉讼、仲裁，主要包括准备起诉状、上诉状、答辩状、证据材料、质证意见等，与当事人对接，以及随时策应法院等机构关于提交各种材料的要求。

法院、仲裁院和律所的实习经历让我将课堂学习到的法学理论知识与司法实践相结合，例如离婚析产纠纷、买卖合同纠纷、金融借款纠纷等均与“婚姻家庭法”“民法学”“合同法”等课程知识相呼应，有利于提高对法学理论知识的认知深度和运用能力。

余浩哲：在基层法院、中级人民法院的实习让我深刻体会到了理论与实践的差距。

在法院的实习工作包括协助开庭、检查材料、归整档案、撰写前期判决书等一系列的内容，曾经学习的法律条文成为维护合法权益的重要武器，实践是提高我们活学活用水平的必由之路。在将课堂理论与实际案件相结合的生动实践中，我更加坚定了自己成为一名“法律人”的信念。

同时，我深深体会到：法律不是冷冰冰的条文，在各方当事人的合法利益中做好取舍和平衡才是法院一线工作者的考量核心，如此才能将课堂所学的法律法规真正具象化。

问：你们在本科期间参与了学生社团工作、比赛和研究等，你们认为这几个方面是如何相互促进的?

许圣章：我认为三者是相辅相成、相互促进的。原因主要分为以下四点：一是有利于技能和知识的共享。学生工作所能锻炼的组织协调、团队协作、沟通表达等软技能，同样适用于学术比赛的项目管理和学术研究等过程中的合作交流。而学术比赛对某一特定领域知识的深入研究可以丰富专业知识体系，反作用于学生工作涉及的相关领域，提升工作质量。并且，研究过程积累的专业研究方法、数据分析技能、文献检索技巧与批判性思维等，亦可用于解决学生工作的复杂问题。二是能增强时间与资源的管理能力。有效协调这三者的时间分配，可以帮助我培养高效的时间管理技巧，例如通过制订翔实的工作计划、设定有优先级次序的学习与工作任务表等，我可以在履行学生工作职责的同时，为学术比赛的准备和研究投入必要时间。三是有利于建立人脉与合作网络。学生工作可以拓展我的人际关系，结识来自不同专业背景的同学和老师，这些人脉资源可能成为学术比赛中的队友，研究项目的合作者、指导者，甚至是未来职业生涯中的同行伙伴。参加学术比赛和研究项目时，有机会接触到行业专家、学者及同领域的优秀学生，这些联系不仅利于当前项目的推进，也有助于了解行业动态、获取实习或就业信息。四是能提升自我驱动与问题解决能力。同时平衡这些任务都需要我主动承担责任、设定并努力实现目标。在面对困难和挑战时，我在学生工作、学术比赛、研究项目等不同场景所学到的问题解决能力就可以派上用场。

余浩哲：我觉得这三者并行不悖。大学四年，我努力积累专业知识与技能，同时参加学科竞赛，让自己全面发展。学生工作则让我学会处理上下级关系、组织活动等，也让我受益匪浅。科研中，我接触到了更深层的学术思想，学习了多种科研方法，眼界和胸襟都更加开阔。这三方面的经历都潜移默化地影响着我。

余浩哲主持2023年卫生管理学院团委组织部红旗团支部活动

问：在广医学习的时光，你们遇到了什么样的良师益友？

许圣章：龚波老师是我的科研启蒙老师。她将我的论文打印出来，逐字逐句地指导我做到行文规范，耐心地指出论文的不足之处并提出了完善建议。同时，她不惜投入自己的休息时间，带领和指导我参加各种学术会议和比赛，如中国卫生法学会学术年会、广东省法学会卫生法学研究会学术年会和全国法科学生模拟立法大赛，这些指导和帮助让我在学术科研上取得了一定的成绩。

徐喜荣老师让我对科研有了兴趣。在校正、核对出版书稿的工作以及版权征文比赛的论文撰写中，他对我严谨认真的工作态度以及创新科研能力予以认可，他的鼓励使我充满动力。

余浩哲：在我情绪低落、遇到困难时，我的导师汪秋慧老师一直开导、鼓励我，并帮我做规划，让我顺利走出低谷期。同时，她也为我引荐导师、指点未来方向，使我在学术上能取得更多的成就。

我还要感谢我们的系主任徐喜荣老师，是他带我开启了科研之路。在大创项目中，他认真严谨地指导每一项工作，让我少走了很多弯路。

法学系的每一位老师都在本科期间给予了我莫大的帮助，可谓良师。

在工作、学习和生活上，我的同班同学冯昕如是我志同道合的伙伴。

余浩哲参观武汉大学万林艺术博物馆

问：在未来的学习、科研、工作和生活中，你们将如何继续践行南山精神？

许圣章：在学习、科研上，我将秉承实事求是、脚踏实地、严谨认真的精神；在工作上，我将秉承开拓进取、勇于挑战、积极上进的拼搏态度；在生活中，我将秉承敢于担当的处事风格，努力成为更好的自己。

余浩哲：未来，我将继续厚植家国情怀，发挥党员的先锋模范作用。学习上，严格遵守学术诚信；工作中，保持认真谨慎；生活中，坚持积极的人生态度，追求向上向善。

问：对于未来的研究与职业，你们有什么展望？

许圣章：在研究计划方面，我希冀漫步于知识产权法学与经济法学的交叉和创新研究的田野上，针对人工智能知识产权、数据知识产权、数字经济与知识产权的法律属性、法律问题、法律规制等研究不断进行“祛魅”与“返魅”。此外，我也有志于将本科所接触到的传统中医药知识、医药知识产权等特殊领域的知识转化为研究成果。

在职业规划方面，我希望成为一名高校教师。研究生毕业后，我计划进一步申博深造，在学术科研领域不断积累法学理论知识，提升学术科研能力。

未来充满着机遇和挑战，我会不断提高自己的专业水平和能力，为我国法治事业的建设而努力奋斗。

余浩哲：在研究生阶段，我将继续努力，更加全面发展。坚持“医法融合”的本科特色，深耕行政法学理论，并将理论与实践结合起来。

“他山之石，可以攻玉”，我将利用课余时间学习第二外语，同步探索国外的部分先进经验，并与我国的具体实际情况相结合，尝试提出借鉴于他国、适合于我国的理论知识，且积极投身实践。

未来，我计划继续攻读博士，有志于继续探微行政法领域，为卫生法学这一新兴方向的发展添砖加瓦、不懈奋斗。

（文/许圣章 余浩哲 黎靖虹 梁昕悦 林以彤 朱睿 刘雨昕 朱娅婷 丁惜洁　图/受访者提供）

康复的艺术是我们的无限追求！

有时去治愈，常常去帮助，总是去安慰，用爱去康复。

在广医，医学技术类专业以大类招生，学生入学一年后，分流到康复治疗学、康复作业治疗、康复物理治疗三个专业。

黄思琪毕业于广医的国家级一流本科专业——**康复治疗学**。

黄思琪

黄思琪，曾获2022年第十三届“挑战杯”广东大学生创业计划竞赛铜奖，以及校级特等奖学金、优秀三好学生、优秀学生干部等荣誉，参加省级科研项目3项，发表论文4篇（其中SCI文章2篇）。现推免至广州中医药大学康复医学与理疗学专业读研。

杨宇萍毕业于广医的国家级一流本科专业——**康复作业治疗**。

杨宇萍

杨宇萍，曾获“粤康杯”医学知识科普大赛视频组省级优秀奖，以及校级二等奖学金、优秀三好学生等荣誉。现推免至福建中医药大学康复医学与理疗学专业读研。

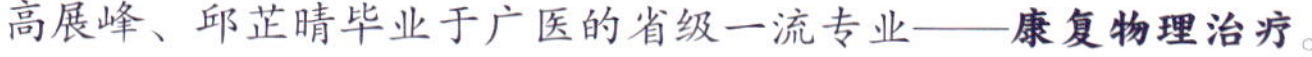
高展峰、邱芷晴毕业于广医的省级一流专业——**康复物理治疗**。

高展峰

高展峰，曾担任2021年广东大中专学生暑期“三下乡”社会实践活动省级重点团队副队长，获2022年第十三届“挑战杯”广东大学生创业计划竞赛铜奖，多次获校级一等奖学金等荣誉。现推免至北京体育大学康复医学与理疗学专业读研。

邱芷晴

邱芷晴，曾获中国康复医学会第五届全国康复治疗相关专业学生技能大赛 ST（听力与言语康复）组总分第五名、2022 年第十三届“挑战杯”广东大学生创业计划竞赛铜奖，多次获校级特等奖学金、一等奖学金、优秀三好学生等荣誉。现推免至广州医科大学康复医学与理疗学专业读研。

问： 你们为什么选择康复治疗学 / 康复作业治疗 / 康复物理治疗专业？

黄思琪： 我对医学比较感兴趣，在高中老师及亲戚的介绍下，我大致了解了康复治疗学专业的专业课程、培养方向及发展前景。我认为康复治疗是一项很有意义的临床工作，且康复治疗具有较好的发展前景，于是我选择了康复治疗学专业。

杨宇萍：康复作业治疗使各类功能障碍的患者重新拾起对生活的希望，最终回归家庭、回归社会。因此，我认为这个专业特别有意义。

高展峰：我爱好运动，从职业竞技比赛中，我了解到康复治疗师这个职业。他们指导运动员们如何更加科学地运动，帮助受伤的运动员们重返职业赛场，职业实践性很强。同时，康复物理治疗的专业知识可以帮助我更加了解自己、实现自我发展，因此我选择了这个专业。

邱芷晴：康复治疗实用性强，对疾病治疗和预后有极大的帮助作用，我对康复物理治疗专业有着浓厚的兴趣。我希望能够用物理治疗的方式，帮助病人恢复肢体功能，早日回归家庭和社会。

问：你们在本科期间有哪些科研项目？

黄思琪：我曾参与林强老师的两个课题：一是广东省教育科学规划项目（高等教育专项）“基于深度科教融合创新人才培养模式研究——以康复治疗专业为例”，我参与部分项目标书的撰写、项目实施方案的设计、项目跟进等工作。项目提出“三进式”科研育人模式，即本科生“进课堂”“进实验室”“进课题”的教育模式，以期培养本科生的科研思维与创新能力，提高其科研能力，推动创新成果的产出。二是广东省中医药信息化重点实验室开放基金项目“呆病轻症患者双重任务下步态参数的分析研究”，我参与项目标书的撰写、实验数据分析、文章撰写等工作。项目围绕中西医结合的理念，旨在构建一种基于双任务步态参数的分类模型，对呆病轻症患者进行识别，模型有利于早期治疗的介入，并延缓疾病进展。

此外，我曾参与省级大创项目“基于‘闭环理论’的镜像疗法同步康复机器人手套训练对脑卒中后运动功能重建的 fNIRS 研究”，主要负责临床实验数据的采集与统计分析，并在项目后期担任临时负责人。项目通过相关临床量表与 fNIRS（功能性近红外光谱）技术，探讨基于“中枢—外周—中枢”闭环理论的镜像疗法同步上肢康复机器人手套，对脑卒中患者上肢运动功能康复的临床疗效及脑功能重塑机制进行探究，以期为脑卒中后上肢功能障碍患者提供康复新手段。

我曾参与校级大创项目“基于 fNIRS 下的 tDCS 联合 MI-BCI 对慢性脑卒中患者上肢运动功能障碍的疗效及中枢调控机制研究”，主要参与标书撰写及研究方案设计，并学习了 tDCS（经颅直流电刺激）、BCI（脑机接口）、fNIRS 技术等。这是我参与的第一个完全由学生主导的项目，从确定申报到提交项目，仅有 10 天左右，时间十分紧迫。无论结局如何，我们都想交出一份满意的答卷。我们团队的 8 名成员一起绞尽脑汁，熬了两个通宵，竭尽全力奋战，最终顺利立项。

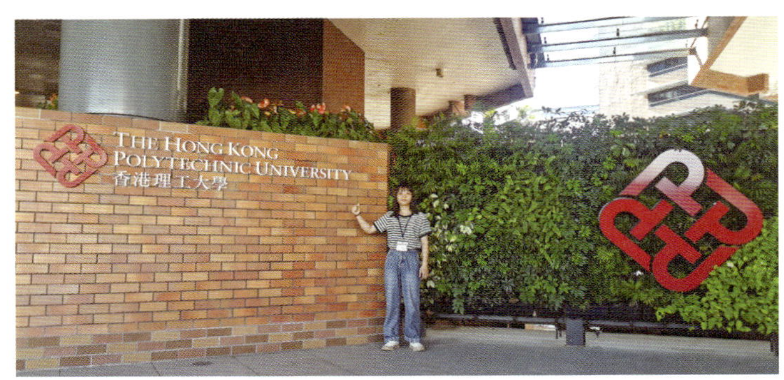

黄思琪参加香港理工大学夏令营

杨宇萍：我曾参与校级大创项目“Head Shaping”。团队发明了一款婴儿头颅矫形器，减少了佩戴矫形器对婴儿头部造成的损害，是对目前市场上相关矫形器的优化。这款婴儿头颅矫形器还有利于提高家长早期干预治疗的意识，缓解颅形异常对婴儿终身发展的不利影响。

该项目中，我主要负责统筹工作、查找资料和填报申报书。由于相关的资料较为分散，我会多用几个数据库查找，并向江婉琪老师询问相关方法。这让我明白，在理论学习和临床实操的过程中，要有一双善于发现的眼睛，寻找创新之处。

此外，在项目中，我感受到团队合作的重要性。团队是否能团结合作，决定着项目开展的效率。在好的团队中，我们能相互学习，拓展思路，为团队整体带来更大的效益。在项目书的撰写中，老师提出了图例结合文字的建议，组员集思广益，依照自己擅长的领域分配任务，通过绘画和视频等方式，更好地完成了申报书。

高展峰：我曾参与省级大创项目“超声引导下的低能量冲击波治疗 CPPS 的临床研究”。项目开展跨学科研究，与泌尿医学科、超声医学科相结合，探究在超声引导下，使用康复科常用理疗仪器冲击波治疗仪对于治疗慢性盆腔疼痛综合征的效果。

作为项目负责人，我学习了跨学科知识，梳理项目逻辑，查阅文献及报告，组织团队成员共同撰写项目申报书，为后续项目开展做准备。在写项目申报书时，我们默契配合，反复修改，终于在截止时间前完成最后一版的申报书。我对那几次线上线下通宵开会的讨论记忆犹新。

在参与项目的过程中，我们学习了如何提出假设、设计实验、收集分析数据和撰写报告等，也对该领域有了更深入的了解。这个项目培养了我们的团队合作能力和解决问题的能力。

高展峰（前排左一）和邱芷晴（后排左三）参加第五届全国康复治疗相关专业学生技能大赛留影

问：你在本科期间发表了哪些文章？

黄思琪：我在 *Front Neurosci* 上发表文章 *Synergistic Immediate Cortical Activation on Mirror Visual Feedback Combined with a Soft Robotic Bilateral Hand Rehabilitation System: A Functional Near Infrared Spectroscopy Study*。研究使用同步 fNIRS 技术比较健康受试者在执行不同视觉反馈任务的即时皮质激活情况，探讨镜像疗法联合康复机器人手套训练的协同增益效应，可指导未来研究及临床应用。

文章准备过程中，我主要负责后续相关课题与临床实验的开展，并具体负责临床实验数据的采集、统计与分析。这个研究为我打开了科研之路。

为期 1 年的临床实验数据采集过程中，我熟练掌握了实验过程中涉及的专业知识与技术，如 MoCA（蒙特利尔认知评估）量表、FMA（Fugl-Meyer 评估）量表、Wolf 运动功能测试量表，fNIRS，镜像疗法及康复机器人手套等，还学会了如何建立良好的医患关系、获取病人的信任，从而提高他们对实验的依从性。

对于实验中出现的困难，我们会定期讨论解决方案。如在实验过程中面对容易困倦的患者时，可以适当延长他们的休息时间；招募受试者进展较慢时，可以适当放宽纳入标准，确保一定的样本量。

我在 *Jove* 上发表文章 *Motor Imagery Brain-Computer Interface in Rehabilitation of Upper Limb Motor Dysfunction After Stroke*。研究描述 MI-BCI（运动想象脑机接口）对脑卒中后中重度上肢功能障碍患者的治疗规范，并通过临床功能评估及脑功能评估展示 MI-BCI 干预效果，拟为 MI-BCI 在临床康复中的应用提供参考。

问：你有哪些学术竞赛的经历？

邱芷晴：我参加了中国康复医学会第五届全国康复治疗相关专业学生技能大赛并获 ST 组总分第五名。参赛时，我们正处于实习期间，空闲时间较少。即使顶着实习考核和考研压力，我们还是会利用实习下班时间和周末集中进行比赛培训，我自己还会抽时间备考研究生考试。

比赛竞争者是来自全国高校的佼佼者，并且有部分比赛内容我们并未深入学习过。因此我们的压力很大，曾有过放弃的念头。但是，指导老师王璇和师姐欧秀君给予我们极大帮助，包括培训专业技能、补充专业知识、陪我们进行大赛模拟训练等，我十分感谢她们。

当站在赛场上尽我们所能完成赛题后，我们都很开心。这次比赛磨砺了我们的意志，对我们日后的学习和生活帮助极大。

问：你们有哪些临床学习实践经历？

杨宇萍：我曾在中山大学附属第三医院、广州市残疾人联合会、广州市人人社会服务中心和广州医科大学附属脑科医院进行实习，在四个单位的实习都让我收获颇丰。

实习过程中，我学习到了很多关于肌骨康复、神经康复、儿童康复、社区康复和精神康复的相关知识。在看似简单的治疗里，我们每天都能不断攒积力量，努力为患者带来希望。

印象最深刻的是，我刚进入作业治疗室实习时，接待的是一位急性脑梗死患者。患者入院时的情况并不乐观，右侧肢体软瘫、感觉消失、认知障碍、不能说话，他的妻子一直在医院里照料他。初次为他进行评估时，他的妻子十分焦虑，每完成一个项目评估便含泪询问丈夫的病情是否有望好转、是否能尽快康复。

我深知病情的康复是一个漫长的过程，内心也感到不安。此外，我刚刚进入这个科室，缺乏经验，自信心不足。然而，出于对患者负责的信念，我渴望能以自己的力量帮助他们。

于是，我利用空闲时间努力巩固知识，提升技能，向导师请教，为那位患者制定了适当的治疗目标和计划。

经过双方不懈的努力，渐渐地，我在那位患者的康复训练中看到了他的情况有好转，这使我有了小小的成就感。最终，当我实习结束离开科室时，那位患者已经能够独立行走并完成一些基本的日常活动，他和妻子都感到十分欣喜，并对后续的治疗充满信心。

在这个过程中，我深刻领略到康复的魅力——帮助失去行走能力的人重新站起来，帮助失去言语能力的人重新开口说话，帮助失去自理能力的人重新回归生活，帮助千千万万人重新融入社会。

高展峰：我曾在广州医科大学附属第五医院康复科实习。实习期间，我学习了与本专业相关的临床理论知识、技能操作、医患沟通技巧等。我依然能记起第一次被患者夸赞时的欣喜；第一次独自上手的紧张；第一次犯错误时的愧疚……

令我印象最深刻的是在骨科病房时，一位30岁出头的年轻患者问我，他以后是不是回不到工作岗位了。他的眼神既难过又期待，难过的是他很年轻，余生可能再也不能完全恢复自己的运动功能，期待的是希望我们可以帮助他回到正常生活。那一刻，我意识到康复物理治疗专业学生的使命，也有了更多奋斗的动力。

邱芷晴：我曾在广州医科大学附属第二医院、广州医科大学附属妇女儿童医疗中心和广州医科大学附属第五医院横沙社区医院实习。实习过程中，我遇到了许多耐心细心的带教老师，他们帮助我逐步成长为一名独立的康复治疗师。我处理过不同病例，每位患者的健康改善情况都让我觉得我的工作非常有意义。

其中一名患者陈叔因患脑梗死导致偏瘫。经过我的治疗后，他的情况得到明显改善，最终能够独立坐起和行走。陈叔和他的家属非常感激我，甚至亲切地称我为医生。我非常感激他们对我的信任和鼓励，正是由于他们的信任，我才能坚定地执行自己制订的治疗方案。

未来，我会坚持初心，继续提升专业技能，为每位患者提供优质的治疗服务。

邱芷晴（右三）在实习期间与带教老师、同学合影

问：你有哪些志愿服务的经历？

邱芷晴：在一次探访独居老人的志愿活动中，我用学到的康复手法帮一位老奶奶进行颈部的肌肉松解，缓解困扰她多时的疼痛问题。我还记得老奶奶脸上的笑容非常灿烂，这也让我更加坚定，我要用自身所能帮助有需要的人。

我至今还记得加入志愿服务队时，师姐对我说的一句话：“做个有温度的人，将温暖传递给每一个需要帮助的人。”

问：你们在本科期间参与了学生社团工作、比赛和研究等，你们认为这几个方面是如何相互促进的？

杨宇萍：我认为学生工作、比赛和研究是相辅相成的。这三点两两连线，形成一个稳定的“三角形”，使我变得更强大。

从这三个方面学习到的知识、培养的能力相互促进，良好的组织沟通能力、沉着冷静的性格、专业知识的拓展等，都能融会贯通。

高展峰：大学期间，我们应该尽可能尝试不同的领域，既可以促进自身全面发展，又可实现各方面相互促进。

例如，在运动比赛时结交的一些朋友或许会是之后研究团队的伙伴；在完成学生工作中锻炼出的能力也可能是进入职场的敲门砖。

我从小就喜欢篮球，篮球陪伴着我成长。高考前，我通过跑步缓解紧张情绪，每次跑步时我都会想起美国职业篮球运动员科比·布莱恩特的曼巴精神——一种遇到困难不退却、永不放弃的精神，这种精神一直鼓舞着我，让我有信心克服学习、生活中的各种困难。

高展峰（后排左二）在“肆联杯”篮球赛后与第五临床学院篮球队合影

邱芷晴：学习、学生工作和社团活动是相辅相成的关系。我们要多参加不同的活动，不局限于学习，做到德智体美劳全面发展。

社团活动能放松和舒展心情，对保持良好心态有重要作用。参加学生工作能提高策划能力、沟通能力、合作能力、时间管理能力等，还能够结识志同道合的朋友。

我在青协任职时，大家一起开会讨论活动安排，会后就聚在一起进行学习讨论，互相监督，学习效率比一个人独处时更高。

邱芷晴在青协进行义诊培训

问： 在广医学习的时光，你们遇到了什么样的良师益友？

杨宇萍： 负责儿科疾病作业治疗的吴珂慧老师给我留下深刻的印象。

吴老师课上的 PPT 内容清晰、讲解简单易懂。实习时，她教授儿童康复作业治疗的知识，每当我们有问题向她提问，都能得到及时且耐心的答复。

在她身上，我学习到如何把作业治疗的优势在整体的康复治疗中体现出来、如何建立作业治疗思维、如何和小朋友建立良好的治疗关系等，我明白了理论知识是如何用于实践的。她说："治疗固然重要，但治疗的艺术也是我们未来的追求。"

吴老师提醒我们好好珍惜实习的时光，敢于提问。她说：

“实习时积累的经验会变成工作时宝贵的财富。”

高展峰：在大学期间，我获得了许多人的帮助。

首先，感谢广医五院泌尿外科的卞军老师，是他让我的想法变成现实，指导我开展科研，让我体会到科研的乐趣与挑战，激励我不断追求卓越。

其次，我要感谢辅导员王瑾老师、黄佩莹老师。她们为我的学习生活指点迷津。

我还要感谢黄惠娜老师、李素芬老师、肖亮萍老师、黄涛老师、林秋金老师和陈伟标老师等。正是他们的悉心指导和帮助，让我学习到更多知识和技能。

最后，我要感谢陈港琳师姐、李远超师兄、韩庆辉师兄、罗雯熙师姐等在我学习和生活上提供的耐心指导和帮助。感谢在我失落、挫折时给予我鼓励，一直陪伴着我的陈思同学，还有许多与我一同学习、共同进步的同学！

邱芷晴：在广医学习期间，我结识了很多专业素养优秀的老师。其中，我特别感谢苏久龙老师。

苏老师教授神经系统疾病物理治疗课，他用生动的语言和亲身经历的临床案例，将难懂的知识变得简单易懂，也是他帮我确定了我的未来方向——神经疾病方面的康复治疗。我选择去他所在的医院实习，他耳提面命，教会我许多临床技能，培养了我的临床分析思维。

问：在未来的学习、科研、工作和生活中，你们将如何继续践行南山精神？

黄思琪：无论身处什么环境，我们都应该保持高度的责任心，诚实、脚踏实地，并不断突破自我。

在未来的学习中，我会继续努力，刻苦奋斗，提升自我；工作中，我会严格要求自己，竭尽全力做到最好；生活中，我会对自己、对他人负责，诚实面对自己，真诚对待他人。

杨宇萍：南山精神一直激励着我不断前行。钟南山院士曾说："选择医学可能是偶然，但你一旦选择了，就必须用一生的忠诚和热情去对待它。"

在未来的学习、工作和生活中，我更要脚踏实地，艰苦奋斗，不断进取，成为一名优秀的医务工作者。

高展峰：在今后的学习、工作和生活中，我会进一步培养人文情怀，在科研中提高自身的创新能力；在临床工作中脚踏实地，精进自身的实践能力！

邱芷晴：不论如何，都不能忘记我们的使命是救死扶伤。我们要有无私奉献的精神以及不断求索、敢于求真的勇气和信念。

未来，我会为医学事业奉献自己的力量。同时，对于未知的领域，要有不断探索的勇气，刻苦钻研，为临床实践发掘更多的可能性。

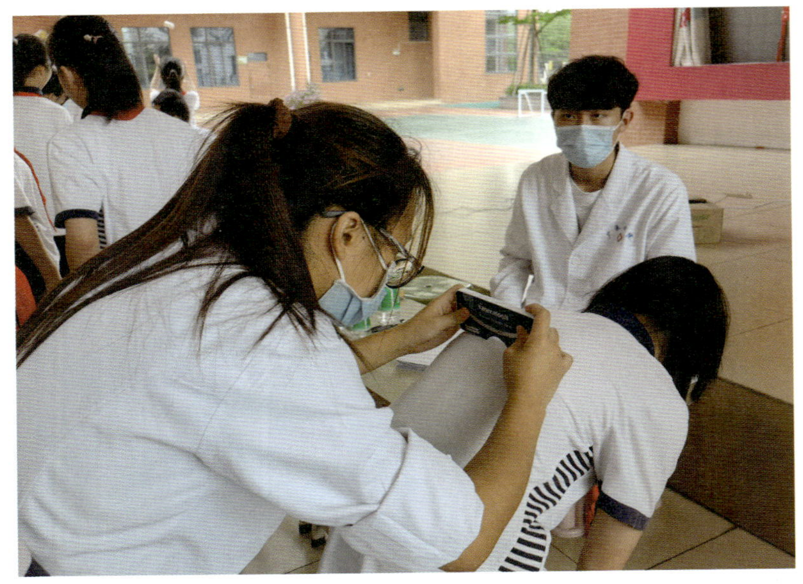

邱芷晴为横沙小学的同学们进行脊柱侧弯筛查

问：对于未来的研究与职业，你们有什么展望?

黄思琪：研究生阶段，我计划跟随导师的研究方向开展科研工作，争取在SCI期刊等发表文章，努力拿到奖学金。

硕士毕业后，我希望攻读博士学位或进入临床从事康复相关工作。

杨宇萍：目前，社会对于康复的需求日益增长。本科的学习让我意识到自己对于神经康复方向有着浓厚的兴趣。

未来，我希望学习更多、更深层次的知识，在神经康复方面有所建树，争取发表更多高质量的论文、磨炼更精深的技术，发挥自己的专业本领，在医院的康复岗位继续发光发热，实现自己的人生价值。

高展峰：未来，我会在北京体育大学进一步探究康复领域中的肌肉骨骼相关疾病，努力成为一名从事肌肉骨骼疾病康复的物理治疗师。

高展峰（后排右一）参加中小学生脊柱侧弯筛查实践活动

邱芷晴：未来，我想从事神经系统疾病方面的康复物理治疗，继续深入康复领域的学习研究，专心于临床实践，做一名优秀的康复治疗师。

（文 / 黄思琪 杨宇萍 高展峰 邱芷晴 何佳潞 万梓恒 黎靖虹 吴桐 梁静汶 刘雨昕 丁惜洁　图 / 受访者提供）

疾病背后的“名侦探”，厉害了！

动手操作，投身杏林，广医检验等你一起显微镜下看世界！！

杜青瑶、刘俐、周萱毕业于广医的国家级一流专业——**医学检验技术**。

杜青瑶

杜青瑶，曾获 2022 年第七届全国大学生学术英语词汇竞赛二等奖，以及校级一等奖学金、优秀三好学生等荣誉，发表论文 2 篇。现推免至南方医科大学临床检验诊断学专业读研。

刘　俐

刘俐，曾获2023年第二届全国虚拟仿真临床实验诊断大赛一等奖、2018年汕头市青少年科技创新大赛二等奖，多次获罗氏诊断奖学金、迈瑞奖学金、金域奖学金、校级特等奖学金、优秀学生干部、优秀三好学生、优秀志愿者等荣誉。申请专利1项，参与发表SCI论文3篇（其中2篇为共同第一作者）。现推免至广州医科大学临床检验诊断学专业读研。

周　萱

周萱，曾获第七届全国医学检验技术专业大学生形态学大赛一等奖、第四届广东地区医学检验实习生临床案例竞赛特等奖、第三届广东地区医学检验实习生临床案例竞赛二等奖，多次获迈瑞奖学金、校级特等奖学金、优秀三好学生、优秀学生干部等荣誉。现推免至广州医科大学临床检验诊断学专业读研。

问：你们为什么选择医学检验技术专业？

杜青瑶：高中时，我便对医学比较感兴趣。疫情防控期间，我意识到检验对检测新冠病毒、监测人群感染情况、控制疫情蔓延有重大帮助，因此选择了医学检验技术专业。

刘俐：高考填报志愿时，我了解到广医在国家疫情防控中发挥的作用。当时遍地的核酸检测使我注意到了医学检验技术工作是临床医生背后坚强的后盾，于是我便毅然填报了这一专业。

周萱：检验工作人员和医生一起守卫在疫情前线，非常值得尊敬。后来，我了解到医学检验的工作主要是对人体的不同样本进行实验检测，并产生了一些兴趣。我带着这种特别的情感填报了医学检验技术专业。

问：你们在本科期间有哪些科研项目？

杜青瑶：我参与了我的导师寇晓霞老师的广东省自然科学基金项目“诺如病毒 GⅡ.17 衣壳蛋白关键氨基酸突变对其流行性的影响及其分子机制”，主要负责分子克隆、SDS-PAGE（十二烷基硫酸钠－聚丙烯酰胺凝胶电泳）、Western Blot、酵母双杂交技术。研究通过构建系统发育树，并进行酵母双杂交测定，探究诺如病毒 VP1 和 VP2 是否存在共同进化关系，为诺如病毒的传播和流行提供新视角。

大一时，我有幸入选学院的创新班，认识了寇晓霞教授，而寇老师的研究方向与诺如病毒相关。

诺如病毒作为一种食源性病毒，与我们的日常生活息息相关，比如牡蛎、蔬菜上都可能会残留有诺如病毒。若我们不慎食用了受污染的食物，可能会出现腹泻、呕吐等胃肠道相关的症状，并对我们的日常生活造成影响。特别对于小孩和老年人等免疫力比较差的人群来说，诺如病毒是一种可能会对生命健康造成很大威胁的病毒。

通过参与相关课题，我进一步了解了诺如病毒的传播以及防控手段，研究结果有望为临床诊断和病毒防控提供参考。

我还参与了寇晓霞老师的广州市科技计划项目“基于微滴式数字 PCR 的人源札幌病毒新型定量检测技术研究”，主要负责做粪便样本前处理、RNA 抽提、RT-PCR（逆转录聚合酶链式反应）、核酸电泳。研究通过荧光定量 RT-PCR 检测方法检测病毒核酸，确定患者是否感染，并从患者年龄、性别、感染时间等方面进行比较分析，为临床诊断和病毒性腹泻疾病的防控提供依据。

刘俐：我曾参与省级大创项目“呼吸与危重症医学科患者 POCT 分析仪与传统大型生化十三项、凝血五项分析仪横断面研究”，主要内容是关于 POCT（即时检验）分析仪能否投入临床科室使用的性能验证研究。

项目探究此类 POCT 分析仪应用于呼吸与危重症医学科患者临床检测中的优缺点，并分别统计两款分析仪结果输出的时间差内患者病情恶化的病例数，期望为临床医护人员提供一种更高效的检测方式，为病魔缠身的呼吸和危重症医学科患者争取更多宝贵的治疗时间。

在此项目中，我主要负责实验记录、撰写论文。通过这次科研经历，我更早地接触到了专业技能，如检验科常规急诊项目的仪器的使用方法原理、不同仪器之间的性能比对验证及部分统计学分析方法。

周萱：我曾参与国家级大创项目“基于血浆外泌体的结核病快速诊断方法研究”。项目通过 qPCR 技术，寻找结核病患者的外泌体样本中，能够用于诊断结核病且具有高灵敏度、高特异性的差异性表达的分子标志物，以实现早期快速诊断结核病，明确病情，防止耽误治疗。

在此项目中，我参与部分实验任务分配、数据分析、文章撰写等工作，并在项目后期担任临时负责人。

在内参基因筛选的数据分析环节中，我对文献报道的常用筛选软件十分陌生，操作中，我遇到了一些困难。刘宇恒师兄建议我参考专门做内参基因筛选大课题方向的研究性文章，了解不同的统计学方法之间的原理和结果差异性。参考相关文章后，我发现使用不同统计学方法会得到不同的评估结果，并在文献中学到了相应的解释逻辑。这次经历让我有更多耐心和好奇心面对大问题下的各类小问题。有时我们不需要着急解决问题，在不停涉猎相关知识的过程中，或许就能找到答案。

我曾在“登革病毒非结构蛋白 1 在抗体介导下的分子损伤机制研究”课题组中学习，主要学到了猴肾细胞培养的操作过程，包括细胞的复苏、传代和冻存等操作步骤和注意事项。

本科入组学习重在体验和感受，要以一种猎奇式心态，接触科研学习工具、锻炼逻辑思维。这是一个积累科研设计框架的过程，可以通过入组学习粗略了解如何由一个现实痛点出发，运用现有的研究方法，深入探究问题并实现成果转化。

我不提倡盲目跟风和焦虑。切忌看着大家都入组了，自己也慌忙进组，这样做容易引发抗拒和厌倦情绪。最好是在自己课程压力不大，又很想锻炼和提升自己的情况下入组学习。

问：你们在本科期间发表了哪些文章？

杜青瑶：我在《中华临床实验室管理电子杂志》发表了论文《肠道菌群促进诺如病毒感染的机制》。文章对肠道菌群促进诺如病毒感染的机制，以及宿主肠道在诺如病毒感染后通过肠道菌群引发的免疫反应进行综述和分析，为进一步研究诺如病毒的感染机制提供新的视角和思路。

我还在《现代预防医学》杂志上发表了论文《乳酸杆菌后生元体外抗诺如病毒感染的作用及机制初探》。文章探讨乳酸杆菌所制备的后生元是否具有体外抑制鼠诺如病毒感染细胞的作用，并初步探究其通过干扰素途径抑制病毒感染的作用机制。

刘俐：我在 *Frontiers in Nutrition*（中国科学院二区期刊）上参与发表了文章 *Novel Nutritional Indicator as Predictors among Subtypes of Lung Cancer in Diagnosis*。此研究通过收集肺癌患者的血液样本比较不同亚型肺癌患者营养指标、电解质和粒细胞的差异，支持营养指标通过随机森林模型预测肺癌的可行性和准确性。这一新的预测方法的成功实施可以为临床医生提供有效的肺癌诊断和治疗手段。

我在 *Frontiers in Microbiology*（中国科学院二区期刊）上以

共同第一作者的身份发表了文章 *Review of Therapeutic Mechanisms and Applications based on SARS-CoV-2 Neutralizing Antibodies*。此研究通过回顾目前关于新型冠状病毒的各种靶向抗体结合区域以及不同种类中和抗体的功能相关的科学证据，试图找到抑制新冠疫情大流行的有效解决方案。

我在 *Reviews in Medical Virology*（中国科学院二区期刊）上以共同第一作者的身份发表了文章 *SARS-CoV-2 Neutralising Antibody Therapies: Recent Advances and Future Challenges*。此研究总结了基于中和抗体的干预措施的主流科学文献，并深入研究了抗体的功能评估，分析了基于 COVID-19 中和抗体的治疗领域固有的相关挑战，为中和抗体的研究和开发提供了见解。

问：你们有哪些学术竞赛的经历？

刘俐：在专业课学习和交流中，我发现自己对案例和检验报告单审核特别感兴趣。一是出于兴趣，二是想锻炼临床与检验结合的思维，我参加了 2023 年第二届全国虚拟仿真临床实验诊断大赛并获得一等奖。

比赛过程中，我分析了许多复杂案例，深刻体会到了检验工作者在诊治病人中所起到的关键性作用：许多细微细小的操作，如显微镜下的一次检测，可能就会帮助到一位患者、一个家庭，这种责任感和自豪感是我们做好检验工作的动力源泉。

刘俐参加2023年第二届全国虚拟仿真临床实验诊断大赛

周萱：我作为团队成员参加了第九届中国国际“互联网+”大学生创新创业大赛。项目“速达康——肺癌组织切片的病灶AI定位与智能诊断”联合广州金域医学检验中心有限公司，运用病理切片大数据库资源，设计打造了一款基于深度学习的人工智能系统，用于临床上肺癌的智能辅助诊断。

我们的系统可以基于HE（苏木精–伊红）染色准确分割病灶、预测免疫组化，准确率高达80%，能够有效节约医疗资源，减少临床患者诊疗的经济负担和时间成本，提高肺癌的诊断效率。

我曾在第七届全国医学检验技术专业大学生形态学大赛（以下简称“全国形态学大赛”）中获得一等奖。出于对细胞形态的兴趣，并想提升对细胞形态观察的专注力，我在专业的分方向学习中，选择了形态学方向的班级，并修读了许多与细胞形态相关的专业课程，如寄生虫检验、血细胞形态学和体液细胞形态学等。

在大二的血液形态学和体液形态学综合考核中，我以较前的排名，争取到了代表学院参加全国形态学大赛的宝贵机会。参赛过程中，我深刻体会到充分把握细节对于检验工作者的重要性。

许多病理性形态结构的发现和定义，往往源自检验工作者在显微镜下认真细致的观察与捕捉。通过关联数次发现的形态结构与临床疾病，不同的形态结构被赋予了临床意义。

周萱在第四届广东地区医学检验实习生临床案例竞赛决赛现场

问：你有哪些临床学习实践经历？

周萱：我曾经在国家呼吸系统疾病临床医学研究中心和广医一院骨髓形态实验室实习。

为备战全国形态学大赛，学校为我们提供了骨髓形态实验室作为培训平台。当时，我将全部重心放在细胞形态结构上，但带教老师要求我们根据骨髓片的镜下观察尝试进行细胞分类，并与她发出的骨髓图文报告进行对比。这给我带来新的思考与启发。

跟随老师的训练思路，我搜索案例中的患者资料，猜测患者为什么会呈现这样的骨髓象。在这个过程中，我不由自主地将细胞形态与疾病诊断相联系，探寻形态表现背后的机制，学到了一种疾病诊断思维。

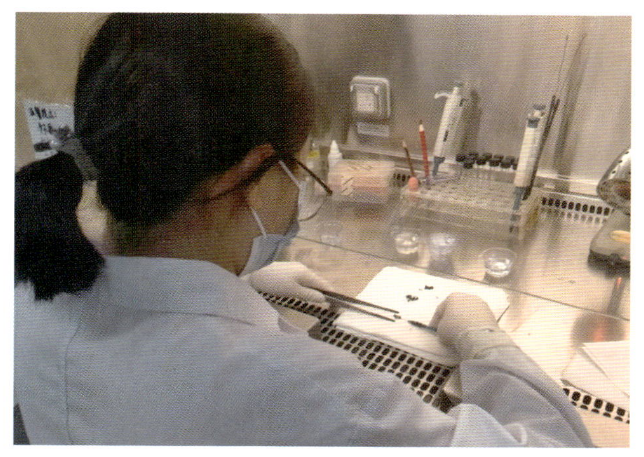

周萱在门诊组实习时进行牛带绦虫墨汁染色

问： 你们在本科期间参与了学生社团工作、比赛和研究等，你们认为这几个方面是如何相互促进的？

杜青瑶： 积极参加志愿活动对于其他方面有很大帮助。比如，我在大二时参加了“三下乡”活动，深入乡村为小朋友义教、为老人进行简单体检等，活动锻炼了我的心性，培养了我细心、耐心的品质，对我的科研工作有很大帮助。通过参与这些活动，我学会了如何克服困难，挑战自己，这对我的阅读和写作也有很大帮助。

刘俐： 我认为这几个方面是相辅相成的。

以我担任大班长的经历为例，创新班面试时，面试官会询问任职情况。大班长的任职经历，为我入选创新班提供了很大帮助。因为这在一定程度上反映了我的沟通交流、多线程处理任务等能力。

以我担任学生会学术部部长的经历为例，任职期间，我主要负责科研项目的管理和对接。同时作为管理人员和参赛者，我更熟悉相关资料提交的流程及要求，从而对自己的项目进度有更清晰的规划。

周萱：在学生会学术部任职期间，我参与活动策划、舞台剧的编写和排演等工作，这些经历锻炼了我的组织协调、创意策划、沟通合作和解决实际问题等能力。这些能力使我参与团队活动时，能与随机分配的组员和谐相处、高效合作，并结交到更多朋友。

学生工作中积累的创意策划能力，既可以鼓励我参与更多类型的比赛活动，又能让我在科研课题设计大赛中激发学术灵感。一次比赛中，我和指导老师刘玢采用情景剧表演的方式进行临床案例汇报，受到评委老师一致好评。

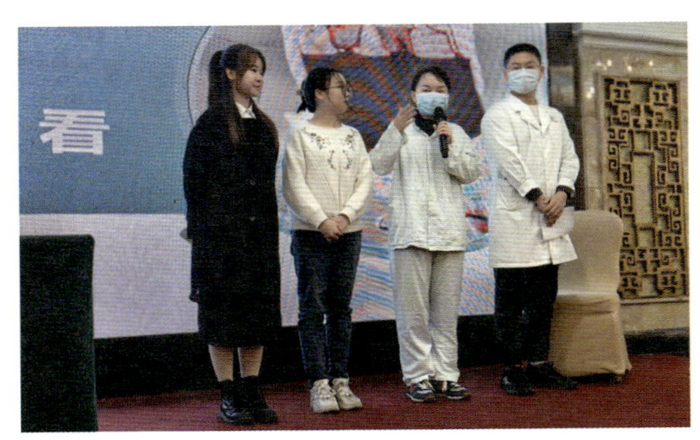

周萱（左二）在指导老师带领下和团队一起参与了案例情景剧舞台表演

问：在广医学习的时光，你们遇到了什么样的良师益友？

杜青瑶：首先，我要感谢我的导师寇晓霞教授。我和寇老师在创新班面试中相识。在了解微生物这个研究方向后，我向寇老师询问是否有机会进入她的课题组学习，并希望能成为她的研究生。

进组后，我有了提早进入实验室学习的机会。我能成功保研，也多亏了寇老师的指导。寇老师为人亲和友善，对学生很有耐心。大三时，我在写综述时遇到了很多瓶颈，甚至想放弃。寇老师得知后，主动与我谈话，并耐心劝导我。最终这篇文章顺利见刊。

感谢课题组的曹颖雯师姐、徐锐权师兄。他们带我做实验，教我理论知识，指出我做实验中的不足之处，分享科研经验和方法，让我学会独立完成实验。

刘俐：本科四年，孙宝清教授是我的科研引路人。

孙教授是我在创新班的导师。大一下学期，我便加入了孙教授的课题组，在孙教授的指导下完成了一些实验和科研。在完成本科毕业论文的过程中，孙教授也指导、帮助了我许多。

孙教授每天都需要处理很多的科研和行政工作，但她还是在百忙中关心我的学习与科研，仔细询问我在实验室的收获，耐心指导我修改论文，并叮嘱我认真学习理论知识。正因为孙教授的谆谆教诲，我才在四年间收获满满。

周萱：大一时，我无意中参加了一个演讲比赛，并误打误撞冲进了决赛，但我本人对公开演讲非常恐惧。在复赛时，我因为中途忘词无法继续，这给我带来巨大阴影。出于害怕，我提出退赛。社团的师兄师姐了解情况后，在各种排练和预赛中疏导并鼓励我。

大三的一次案例汇报大赛中，我们专业的李倩珺老师、刘玢老师也给予我很多鼓励。老师们分享了自己当年参加类似比赛的 PPT 和经历，并耐心指导我进行汇报时的呈现方式。

每次上台前，我都会回忆起良师益友给予我的鼓励和帮助。

问：在未来的学习、科研、工作和生活中，你们将如何继续践行南山精神？

杜青瑶：作为一名医学生以及未来医疗行业的从业者，我们要时刻铭记自己的责任，勇于担当，更好地为患者解决问题。

作为一名准研究生，我们要保持一颗积极进取的心，在科研上坚持实事求是的原则，不断追求卓越，成为更优秀的自己。

刘俐：南山精神代表着不断追求进步、不畏艰难险阻、勇于担当的品质，激励我秉持崇高理想、勇往直前，这和我们学医的初心不谋而合。

刘俐（右一）与同学在实验室合影

周萱：南山精神指引我们成长：于生活，要积极进取、乐观向上、勇于追求；于科学，要认真谨慎、细致入微、实事求是；于国家，要将建设强国的重任谨记于心、勇担于肩、付之于行。

在未来的学习、生活中，我会注重细节问题，及时进行阶段性反思。在科研工作中，我会以事实为依据，本着严谨的态度，对待实验操作和数据结果，并基于研究成果，不断思考科研成果转化的问题，为祖国医药卫生事业的发展贡献自己的力量。

问：对于未来的研究与职业，你们有什么展望？

杜青瑶：我希望通过未来三年的研究生学习，夯实科研基础，学习专业知识，并产出一定的科研成果，向优秀的检验人不断靠拢。

刘俐：研究生期间，我选择留在广医，跟随广医一院的孙宝清教授继续深造。我将努力不负恩师的期待，追求科研的终极奥义，并努力成为一名优秀的大学老师。

周萱：本科四年，广医陪伴我一同进步与成长，并带给我持续奋发向上的积极力量。我非常希望在这个朝气蓬勃又包罗万象的平台，续写自己的故事。

未来，我将在广医继续攻读研究生，我的研究方向与抗病毒免疫和疫苗评价相关，这与当下的时代语境息息相关，我希望能在此研究领域静心学习，不断提升专业能力，在国家需要我时有所贡献。

（文／杜青瑶 刘俐 周萱 梁静汶 朱睿 陈放新 李颖丽 丁惜洁 图／受访者提供）

看她们，如何“脑”洞大开！

精神医学是一门人文与科学交织的学科，希望与你结伴同行，共同探索人类大脑的奥秘！

冯琬婷、杨晓泳毕业于广医的国家级一流本科专业——**精神医学**。

冯琬婷

冯琬婷，曾获第三届全国精神医学专业本科生临床技能竞赛特等奖，多次获校级特等奖学金、优秀三好学生等荣誉，发表 SCI 文章 1 篇。现推免至中南大学湘雅二医院精神病与精神卫生学专业读研。

杨晓泳

杨晓泳，多次获得校级奖学金、优秀学生干部等荣誉，参与省级大创项目、校级大创项目各1项。现考研至广州医科大学精神病与精神卫生学专业。

问：你们为什么选择精神医学专业？

冯琬婷：从高中起，我就对精神心理方面的知识感兴趣。选本科专业时，我了解了精神医学，觉得"探索大脑的奥秘"听起来是一件有意思又了不起的事情，所以选择了精神医学。

杨晓泳：报考前，我自行了解过精神医学专业，我认为本专业发展前景良好，值得进一步学习与探索。大一在医院的一段见习经历，使我近距离接触临床，进一步激发了我对精神医学专业的兴趣。

问：你们在本科期间有哪些科研项目？

冯琬婷：在本科的学习中，我对精神疾病有了较为全面的认识，发现许多精神疾病发病机制尚不清楚，于是，我主动争取参与课题研究的机会。

我曾参与省级大创项目“个体化经颅磁刺激精准定位治疗抑郁症的疗效研究及疗效预测模型的建立”，主持校级大创项目“内嗅皮层功能增强在减轻主观认知下降人群的气味识别受损中的 fMRI 研究”。以上课题主要与阿尔兹海默症和抑郁症有关，对相关精神疾病的发病机制、疗效评估等方面进行研究。

杨晓泳：我曾参与省级大创项目“SGLT-2 抑制剂达格列净对 2 型糖尿病脂质代谢的研究”，主要负责动物实验、细胞实验以及荟萃分析。依据临床数据，我们发现使用二甲双胍的糖尿病人，后期发生心血管疾病的概率有所降低，于是设计了动物实验和细胞实验来验证我们的猜想。

大三时，儿科学专业的同学赖健美和吴乾龙邀请我一起设计课题，在与他们合作的过程中，我学会了如何撰写一份优秀的标书，还学习了荟萃分析、细胞培养和蛋白电泳等。除了精神医学，我对其他领域的研究也很感兴趣，计划与其他专业的同学一起完成一个课题，我认为这是一个很好的与其他专业的同学交流的机会。

我还参加了校级大创项目“基于多发家系的外显子测序探索双相情感障碍的磷脂代谢通路的风险罕见变异”。当今对于双相家系的研究很少，我的导师曹莉萍教授正在进行双相家系数据的收集和分析，因此该项目具有创新性与可行性。结合导师的前期成果，我们在多发家系中发现了一个基因（serinc2），其与磷脂的代谢通路相关，而后又通过基因测序的方式，寻找其他与磷脂代谢通路相关的风险基因。研究进一步探究了双相情感障碍的遗传机制。

在科研项目中，我承担了撰写标书、征集被试、评估被试、处理数据、科研采买等工作。

我印象最深的是大三暑假，因为课题需求，我们找到了番禺校区药学实验室的研究生师姐学习 Western Blot 和细胞培养的技术，每天都跟着师姐一起喂养小鼠，收集小鼠细胞样本，进行蛋白电泳和细胞培养等工作。在实验室“上班”一个月的经历，让我熟练地掌握了这些技术。

相对于学会技术，更重要的是，我的自学能力得到提高。研究生阶段的学习更注重思维创新、自主学习能力与动手能力的培养，更加要求自律，对自己的项目独立负责。

经过本科期间的科研锻炼，我储备了与科研相关的基础知识和常见的实验方法。与此同时，这些学习经历也完善了我思考问题的模式，有利于我今后更好地分析问题、解决问题。

问：你在本科期间发表了文章吗？

冯琬婷：我在 *Journal of Affective Disorder* 发表了文章 *Habenular Functional Connections are Associated with Depression State and Modulated by Ketamine*。文章旨在阐明缰核的功能连接与抑郁症严重程度之间的关联，并探索氯胺酮对这些连接的调节作用。

问：你有哪些学术竞赛的经历？

冯琬婷：我曾参加第三届全国精神医学专业本科生临床技能竞赛，并获得特等奖。老师常对我们说“以赛促学”，参与竞赛让我们对精神疾病有了更深的认识。

比赛时正处于疫情防控期间，我主要通过录视频的方式来参赛。通过这次比赛，我系统地学习并熟悉了临床技能方面的知识，显著地提升了我的临床技能。

问：你们有哪些临床学习实践经历？

冯琬婷：广医附属脑科医院精神科的胡文生老师让我最为敬佩。他坚持每天查房，非常细致地询问每一名患者的病情，很耐心地教导实习生。是他让我更加敬佩医生这个职业，激励我成为一名优秀的医生。

我曾在 ICU 值夜班时参与抢救，那是我第一次对患者进行心肺复苏。直到现在，我还记得当时手掌上久散不去的体温和抢救的惊险，这让我更加理解了一名医生的职责和使命。

冯琬婷在广医技能中心练习脊柱损伤的固定与搬运

杨晓泳：我在广医附属脑科医院、广医三院实习期间，医院里的老师给我很多机会去操作与学习。其中令我印象最深刻的是在儿科，我们与临床医生一样，需要写交班记录、做听诊、值夜班和处理紧急情况。

2024 年 1、2 月份正好是支原体肺炎流行时期，在儿科轮值时，科室收了很多肺炎发展为重症的孩子，有些甚至需要插管，使用呼吸机，若血氧饱和度过低，就要进行抢救。实习给我提供了更多学习与实际操作的机会，让我更加熟练地掌握专业知识，锻炼了我的动手能力。

问：你们在本科期间参与了学生社团工作、比赛和研究等，你们认为这几个方面是如何相互促进的？

冯琬婷：大学期间的学生工作锻炼了我的沟通能力和创造能力。比赛又以考促学，提升了我的专业技能。科学研究提高了我的科研能力，为我未来的科研工作打下良好基础。这几个环节环环相扣，让我看到自身的不足，并更加全面均衡地发展，成为更好的自己。

杨晓泳：学生工作、比赛和研究这几个方面均脱离不开我们所学的知识，通过以上不同的形式，我们能温故知新，将知识不断内化，成为自己的储备。

以参加学校的医学技术技能大赛的经历为例。虽然本科已经学习了许多技能，但是在临床实习面对真正的患者时，我多多少少都会觉得慌张、无从下手。

临床技能大赛是一个难得的学习机会，备赛过程中我会重新复习技能操作，提高技能操作的熟练度和准确度，并且发现很多第一次学习时未意识到的问题。我会跟带教老师讨论，为什么要这样操作与处理。

当我结束临床技能大赛，回到临床实习，再次对真实的患者进行技能操作时，我会更有把握，为比赛而苦练的技能操作有利于我更好地完成实习。

问：在广医学习的时光，你们遇到了什么样的良师益友？

冯琬婷：张宾老师是我本科期间的科研导师。在科研中，他为我提供了很多帮助，也给了我许多关于保研的建议，我非常感激他。

师姐们在科研上也帮助了我很多。2017 级的陈成凤师姐现在还在帮我跟进我的论文返修。2018 级的李南曦师姐是我保研道路上的“导航灯”。对于我的疑惑和不解，她都知无不言。在我最后择校时，她也给了我很多建议。

我和舍友朝夕相伴五年，其间有很多让我感动的事。大一校运会时，我参加了短跑。我舍友陪着我跑步，在一旁帮我递水，这些看似很小的举动温暖了我很久。

杨晓泳：在广医学习的五年，非常感谢我的本科导师曹莉萍老师。机缘巧合下，大一时我进入了曹老师的课题组，开始接触科研，参加课题组每个星期的文献分享。在此过程中，我掌握了一定的自主学习能力和分析问题的能力。当我产生困惑时，曹老师会抽空与我通电话，为我解答疑惑，帮助我找到学习、科研的方向。

感谢儿科专业的赖健美和吴乾龙同学，他们邀请我参与课题的标书撰写，给我提供了许多在实验室学习的机会，为我开展科研打下了坚实的基础。

问：在未来的学习、科研、工作和生活中，你将如何继续践行南山精神？

杨晓泳：身为广医学子，我会将南山精神牢记心中，并将其转化到现实行动中，以认真严谨的态度对待科学研究，终身学习，不断进取，肩负起自身的时代责任，做一个有理想、敢担当的青年。

问：对于未来的研究与职业，你们有什么展望？

冯琬婷：研究方面，我希望脚踏实地学习专业技能，做自己感兴趣的课题，发表高水平文章。未来，我希望继续读博，待博士毕业后，成为一名优秀的医生。

杨晓泳：未来，我希望读博深造，成为一名专业的精神科医生。

（文/冯琬婷 杨晓泳 林以彤 刘芷莹 陈放新 黎靖虹 吴桐 丁惜洁　图/受访者提供）

疾病治疗的“神枪手”，是他们！

以临床为靶，药学为弹，瞄准保障人民生命健康的未来！

朱浩辉、罗晓晴、徐怡和罗雪丹毕业于广医的国家级一流本科专业——**临床药学**。

朱浩辉

朱浩辉，多次获校级优秀三好学生等荣誉。现考研至广州医科大学药学专业。

罗晓晴

罗晓晴，曾获2023年第二届长三角高校本科生临床药学技能邀请赛二等奖，多次获国家奖学金、国家励志奖学金、校级特等奖学金、优秀三好学生等荣誉。参与省级大创项目2项，发表论文2篇（其中1篇为SCI论文）。现推免至中国药科大学药物分析学专业读研。

徐 怡

徐怡，多次获校级单项奖学金、优秀三好学生、优秀学生干部等荣誉。主持国家级大创项目1项，参与省级大创项目1项，发表论文3篇。现被美国南加州大学生物化学与分子医学专业录取，继续攻读硕士研究生。

罗雪丹

罗雪丹，曾获校级二等奖学金、单项奖学金、优秀三好学生、优秀学生干部等荣誉。现考研至广州医科大学药学专业。

问：你们为什么选择临床药学专业？

朱浩辉：我之所以选择临床药学专业，是因为我对医疗健康事业和医药领域有浓厚的兴趣。同时，我认为该专业在未来医疗体系中会起到重要作用，有着广阔的职业发展前景。未来，我期望能在临床药学和药物研究方面做出贡献，并在医院、药企或研究机构等多元平台上实现个人职业发展。

罗晓晴：现代医疗体系需要懂医精药的医疗工作者。临床药学是一门集药学知识与临床医学知识于一体的综合性学科，具有一定的学科交叉性，因此我选择就读临床药学专业。

徐怡：一方面，临床药学专业结合了药学与临床医学的理论知识和实践技能，我希望能接触到药学科研创新平台，并参与到临床实践中。另一方面，随着人们对合理用药和药物安全性的重视，社会对临床药学专业人才的需求量越来越大，临床药学专业有着广阔的发展前景和职业机遇。

罗雪丹：我对医学、生物学和化学相关的专业比较感兴趣。同时，出于对医院临床一线医护工作的向往和憧憬，我希望未来有机会能从事服务临床患者的相关工作，于是我选择了临床药学专业。

问：你们在本科期间有哪些科研经历？

罗晓晴：于我而言，研究肿瘤的治疗手段是一件非常有意义的事，所以我对肿瘤治疗的课题比较感兴趣。

我曾参与省级大创项目“探究红树林真菌代谢产物——杀锥曲菌素经由 VEGF 转录调控抑制肿瘤细胞增殖的作用与机制”，在项目中负责克隆形成、Transwell（跨膜小室实验）、细胞流式术和 Western Blot 等细胞生物实验并整理相关的实验数据。项目主要研究杀锥曲菌素的抗肿瘤机制，旨在扩充抗肿瘤的候选药库。

我还参与了省级大创项目“血根碱通过 G-四链体影响表观遗传调控的抗乳腺癌活性研究”。项目主要研究了血根碱与 G-四链体作用的具体机制，从而扩充 G-四链体相关的抗肿瘤候选药库。我参与了项目书的填报工作，协助完成细胞流式术、Western Blot 等实验。

在项目中，我指导了一位师妹申报项目，并在实验操作方面提供我的想法，和她一起完成实验。我的启发是，做科研也需要言传身教，面对需要自己协助的师弟师妹，我们应该尽力帮助他们，大家一起奋斗，共同营造课题组良好的学术氛围。

此外，在科研中，对于一些自己不熟悉的领域，除了自己查找资料学习，还需要多向身边的人请教，这样才能提高科研效率，同时拓宽自己的知识面。

徐怡：我曾主持国家级大创项目“Bif-1 下调通过改善心脏脂质代谢减轻心梗后心肌损伤的机制研究”，我主要完成了课题申报的文书工作，并负责细胞实验和部分分子生物学实验的实施。Bif-1 作为 Endophilin（内皮素）家族成员之一，在多种生理病理过程中发挥重要作用。项目从调节脂质代谢的角度，探究 Bif-1 对心梗后心脏的作用和具体机制，有助于制定改善心梗后心肌损伤的新策略。

我参与了省级大创项目“饮食铜缺乏对非酒精性脂肪肝形成的影响及机制研究”，主要负责部分分子生物学实验的实施，如 qPCR 等。团队深入探究铜缺乏如何诱导脂质代谢紊乱，为 NAFLD（非酒精性脂肪性肝病）的防治策略提供了新方向，有望为预防和治疗脂肪肝开辟新的治疗途径，具有重要的临床应用价值和公共卫生意义。

在科研中，我掌握了多种实验技术，如原代大鼠血管平滑肌细胞、原代乳鼠心肌细胞的分离和培养技巧，Transwell 实验、划痕实验，TUNEL 染色、CCK8、qPCR、免疫荧光和数据处理方法，Western Blot、切片、油红染色、HE 染色和特殊饮食干预动物模型的构建和管理等；提高了文献检索、阅读和总结能力；掌握了课题申报项目书的撰写技巧；提高了参加竞赛、汇报展示的能力。

在整理资料、撰写申报书的过程中，我深刻体会到科研的细致与深度，加深了我对项目内容的理解。项目实施过程中，我掌握了不同的研究方法和实验技能。我收获的不仅是知识的积累，更是对科研思维的锻炼，这为我未来科研之路打下了坚实基础。

我还意识到在科研工作中合作的重要性，和同学们一起参加比赛，能提高团队协作能力。

我始终保持着学习和探索新知识的热情，这是我在本科科研学习生涯中的重要动力。我坚信，只要保持好奇，坚持探索，我的研究也可能揭示疾病的发病机制，为药物的研发提供新的思路和方法。终有一天，我和广大科研工作者的足迹能够汇聚成推动科技进步的璀璨星光。

徐怡在做实验

罗雪丹：我曾参与药学院拔尖人才培养项目“基于光遗传的靶向基因调控及其在心肺祖细胞关键基因时序表达中的应用”。研究紧跟现代基因编辑技术发展，构建了一种结合多技术的靶向基因调控工具，探索所研究细胞的关键调控基因，为与之相关的实验研究提供了理论依据。

在课题中，我负责与细胞的培养和质粒相关的系列操作等，学到了一些分子生物学知识，以及细胞培养、质粒构建、质粒转化、质粒提取、qPCR 和 Western Blot 等实验操作方法。

问：你们在本科期间发表了哪些文章？

罗晓晴：我以第一作者的身份在《中国肿瘤学大会论文集》发表会议论文 *Research on the Mechanism of Trypacidin in Inhibiting Tumor Cell Proliferation and Metastasis through the Regulation of the c-Myc Oncogene*。文章概述了杀锥曲菌素经由原癌基因 c-Myc 转录调控，抑制肿瘤细胞增殖的作用与机制。

我以共同第一作者的身份在 *Frontiers in Pharmacology* 发表论文 *Emerging Roles of i-motif in Gene Expression and Disease Treatment*。文章概述了定位于基因启动子［如 c-Myc、Bcl-2（B 淋巴细胞瘤 -2 基因）、VEGF（血管内皮生长因子）和端粒］中的 i-motif 结构的特征和作用机制，总结了与 i-motif 相互作用的各种小分子配体以及配体与 i-motif 之间可能的结合模式，描述了它们对基因表达的影响，讨论了与 i-motif 密切相关的疾病，介绍了 i-motif 应用于医学领域的最新进展。

徐怡：我以共同第一作者的身份在 *Journal of Pharmacy and Pharmacology* 发表论文 *Fructose Aggravates Copper-Deficiency-*

Induced Cardiac Hypertrophy by Inhibiting SERCA2a。文章揭示了铜缺乏和/或果糖通过抑制SERCA2a介导的钙离子稳态和晚期自噬，促进心肌肥厚的分子机制，为治疗相关心脏疾病提供了新的靶点。

我在*Journal of Nutritional Biochemistry*发表论文*Fructose Aggravates Copper-Deficiency-Induced Non-Alcoholic Fatty Liver Disease*。文章研究了铜缺乏和/或果糖对NAFLD的影响。研究结果增进了对NAFLD病理的理解，并为防治策略提供了新方向。

我在*Nutrition Research*发表论文*Maternal Dietary Copper Deficiency Induces Cardiomyopathy and Liver Injury in Mice by Activating Autophagy*。文章通过验证孕期母体饮食铜缺乏如何激活自噬过程影响后代小鼠心脏和肝脏健康的问题，揭示了铜缺乏通过影响自噬活动造成后代心脏和肝脏损害，为理解母体营养对胎儿发育的长期影响提供了新视角。

徐怡（左二）与刘芸老师（左六）课题组合照

问： 你有哪些学术竞赛的经历?

罗晓晴： 我参加了2023年第二届长三角高校本科生临床药学技能邀请赛，并获得二等奖。我们抽到了对甲亢合并心房颤动患者进行用药教育的题目，而心房颤动和甲亢恰好是我在心内科实习的时候最常见的两种疾病，我也曾花费许多时间去学习它们。

因为熟悉相关用药，我作为主讲人上台汇报。我既为得到队友的信任而开心，又担心自己会太紧张而影响发挥，但是不尝试就永远不会知道自己的潜力有多大。我的感觉是：如果有梦想，那就勇敢去追吧！多尝试新事物，就能成为一个全新的自己！

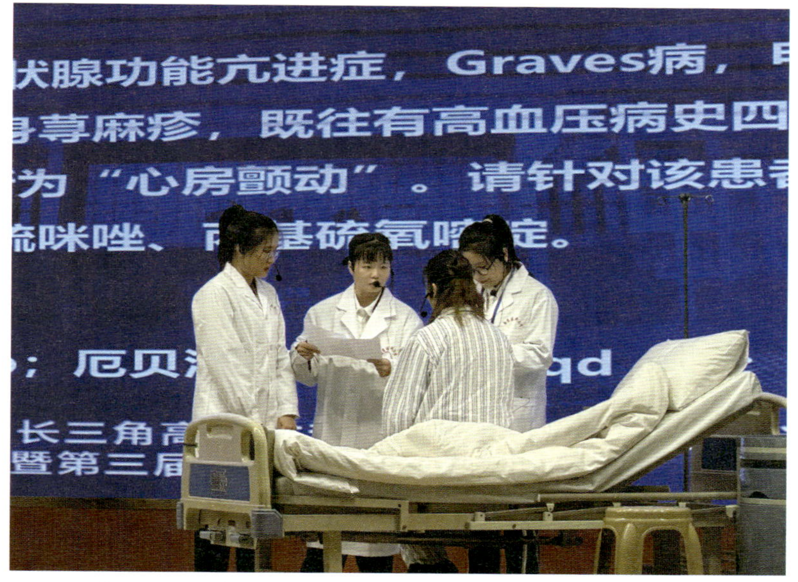

罗晓晴（左二）参加2023年第二届长三角高校本科生临床药学技能邀请赛

问：你们有哪些临床学习实践经历？

朱浩辉：我曾在广医五院实习。实习期间，我学习了药物选择、剂量调整、药物相互作用评估以及个体化治疗方案的制订等专业知识，同时学会通过用药指南了解每种药物的用药指征及用法用量。

曾有一位老年患者因心房颤动入院，需要使用华法林进行抗凝治疗。我根据患者凝血功能的INR（国际标准化比值）监测华法林的剂量。起初，我发现患者的INR波动较大，这需要我仔细考虑患者的饮食、肾功能和其他合并用药对华法林效果的影响。通过与主治医师的讨论和指导，我学会了如何综合这些因素来调整华法林剂量，以将INR保持在目标范围内。

罗雪丹：我曾到广医三院进行临床相关药物的调研与分析，并通过临床调研与网状Meta分析等方法完成毕业设计。

实习期间，我第一次进行临床科室的轮科，第一次独立与患者进行沟通，第一次解答患者提出的专业问题，第一次对患者进行用药教育。上述的每个第一次都让我十分难忘，我感受到老师和患者对我们的包容和理解，也非常感激老师的指导和患者的配合。

同时，我感受到作为临床一线工作者，我们需要不断完善自己的知识储备，坚持学习；保持耐心和细心，用心对待每一位患者；认真对待工作，保持工作热情，实事求是；严格遵守规章制度，严守纪律。

罗雪丹在广医三院药库实习

问： 你们在本科期间参与了学生社团工作、比赛和研究等，你们认为这几个方面是如何相互促进的？

朱浩辉： 我认为参与学生工作能锻炼团队意识。同时，比赛激发了我的创新思维，提高了我的抗压能力，有利于解决科研中的难题，提升科研质量。而科研项目的研究经验又能够增强我们在比赛和科学研究中的专业性和深度。主动尝试将不同领域的经验结合起来，也许会有意想不到的效果。

例如，我担任广医社联宣传部成员期间，学会了使用 PS 等设计软件，之后，我能够熟练地运用这些技能为中国国际“互联网 +”大学生创新创业大赛制作项目标识、流程图和宣传材料。此外，在社联的工作经历也锻炼了我的团队合作能力，对我在课题组内的交流与协作产生了积极影响。

罗晓晴：担任学生干部时，我曾因传达工作信息失误而受到批评。从那之后，我明白了要敢于承认自己的错误，勇于承担，并及时弥补。

在参加学生社团工作、比赛中积累的经验，助力我在科研方面取得成果，为我的科研之路锦上添花！这些经历让我更加懂得如何与老师以及实验室、课题组的师兄师姐沟通交流，表达自己的想法。

药学院女篮比赛结束后，罗晓晴（右一）与队友合照

徐怡：我在班级担任学习委员的经历，让我学会了如何与老师、同学沟通，高效整理文件等。做科研时，这些技能也在文献管理和数据整理中发挥着关键作用。

同时，科研项目的严谨性和系统性也锻炼了我的逻辑思维和数据分析能力，这些能力使我在学生工作中更加注重细节。

参加学术类比赛则有助于我回顾近期的研究内容，参加语言能力竞赛可以检验近期的语言学习效果。

徐怡（右二）与科研团队小伙伴参赛后合照

罗雪丹： 通过参加不同类型的实践活动，我在不同方面的能力都得到了很大的提升，综合素质的提高帮助我获得了优异的实践成果，学习来源于实践、运用于实践，我实现了各方面的相互促进。

对于学生来说，学习是首要任务，认真学习专业知识是一切实践活动的基础。在保证基础学习质量的基础上，积极参加其他拓展实践活动，同时不断锻炼自己、提高学习效率才是关键所在。提高效率的前提是做好规划，认真落实。在每一次反思中不断精进自己做规划的能力，提高自己的效率，就能把有限的时间用得有意义。

罗雪丹（右二）参加广马医疗志愿者活动

问：在广医学习的时光，你们遇到了什么样的良师益友？

朱浩辉：在广医学习的五年，我有幸结识了许多优秀的老师和同学。

感谢药学院每一位认真工作的老师以及我的毕业设计指导老师罗骞。

考研期间，我的同伴们不仅在学术上为我解答疑难，而且在我感到迷茫或情绪不佳时，伸出援手，与我一起克服困难。我们一起讨论学术问题，分享学习资源，互相鼓励，共同面对挑战、取得进步。他们的指导和帮助让我在学习道路上更加坚定和自信，也让我认识到团队合作和互相学习的重要性。

罗晓晴：我很感谢我的本科指导老师——药学院的王玉青老师。王老师平易近人、知性温柔。2023 年年初，当我在线上与王老师诉说关于读博的纠结和烦恼后，王老师很快约我线下详谈。我和王老师面对面聊了许久，王老师从我保研的情况到读博的现实意义、日常生活、可能面临的问题等，为我一一分析，还分享了她自己读博的亲身经历，很大程度减少了我的焦虑，我非常感谢王老师！

在科研中，我很感谢高玥、韦荣两位师姐。在她们的介绍下，我加入了王玉青老师的课题组，从而获得了做科研的机会；是两位师姐带着我从最基本、最入门的细胞培养操作开始一点点进步；她们会提前告诉我具体的实验流程，并给我做操作示范，让我更好地掌握实验技巧。

罗晓晴参加中国药科大学夏令营时留影

徐怡： 刘芸老师是将我引入科研大门的启蒙老师。她在学术道路上给予我无私的指引和鼓励，在我自我怀疑时给予肯定和关怀，帮助我无畏前行。

参加广医第二届基础医学创新研究暨实验设计论坛时，刘老师在时间很紧张的情况下，仍然不辞辛劳地帮我们修改汇报材料，甚至在深夜和周末抽出时间带着我们演练。同时，刘老师有条不紊、勤勤恳恳的治学态度在潜移默化中不断影响着我。

感谢我所在的课题组。我们课题组一直有良好的相互协作氛围，在科研、比赛中分工合作，互帮互助，携手并进，同甘共苦，正如我们当时参赛的队名“铜舟共济”。

石远森师兄、徐秋霞师姐、卢贤能师兄、王朝睿师兄和韦涵师姐都在科研和生活中给予我许多帮助与关心。

最后，我和好朋友柳佳妤在五年里见证了彼此的蜕变和成长，从大一的青涩时光，到如今我们都在各自的领域追逐梦想。在这里，我想感谢她一路的相伴。

罗雪丹：在我对自己的毕业论文课题深感迷茫时，指导老师冯森玲给予我建议，帮助我敲定了毕业论文的研究主题。在后续的研究中，每当我遇到问题时，冯老师都能快速为我解答，提出详细的解决方法。冯老师也教会我做研究需要积极、多元、周全，这样才能不断找到突破点，排除万难。

秦剑锋师兄给了我很多指导和帮助，教会了我许多实用的分子生物学技术和操作技巧。在我出错时，他耐心指导我，与我一起寻找解决方法，帮助我不断完善实验操作，提高实验质量。在跟随师兄学习的过程中，我深刻地领悟到做研究要学会创新，保持细心和耐心，欲速则不达，要脚踏实地走好每一步。

问：在未来的学习、科研、工作和生活中，你们将如何继续践行南山精神？

朱浩辉：在未来的学习、科研、工作和生活中，我将追求知识的精确与深度，基于事实做出判断和选择；积极面对挑战，不断提升自己；同时为社会做出贡献。

罗晓晴：未来，我将继续保持科研热情，不断提升自己的科研水平，努力在自己的研究领域中不负韶华、勇创佳绩！

徐怡：在未来的科研工作中，我将以批判性思维看待、分析问题，勇于提出新问题，积极寻求验证假设的途径。

即使在异国他乡，我也会胸怀强国的梦想，以真才实学报效祖国。

徐怡（后排右二）毕业论文答辩后与老师、同学合影

问：对于未来的研究与职业，你们有什么展望？

朱浩辉：当前，我深刻认识到药学对于创新药物研发和临床应用的重要性，以及持续进步的科技对该领域带来的深远影响。

未来，我选择在药学专业继续深造。我期望通过研究生阶段的深入学习，掌握更加专业的药学知识和技能，为未来的职业发展奠定坚实的基础，并在药学领域实现人生价值。

罗晓晴：我将会在中国药科大学读研，研究方向与分子材料相关。

未来，我会选择继续深造，攻读博士学位，提升自己的科研能力，在药物研究领域取得属于自己的成果。毕业后，我希望到公司或相关机构从事药物研发工作。

徐怡：我期望在研究生阶段深入学习生物化学与分子生物学的知识，努力掌握前沿的科学技术。

在广医的学习、科研和实习经历，让我意识到，相较临床工作，自己对基础研究更感兴趣。生物化学与分子生物学是生命科学的基础学科，跨学科的知识背景有助于我深入探究药物在分子水平上的作用，为药物研发和创新提供更深入的理解。

未来，我将致力于研发新药、优化药物疗效与安全性，并探索药物与人体相互作用的机制，希望能在科研领域有所建树，为生物医药领域的发展贡献自己的力量。

罗雪丹：本科期间，我在广医的学习、生活很愉快，最重要的是，广医药学院的教学团队和科研水平相当优秀。五年里，我的知识水平、操作技能和综合素质都得到了很大的提高。

未来，我选择在广医读研，继续深入学习药学相关知识。

罗雪丹在广医三院完成实习作业

（文 / 朱浩辉 罗晓晴 徐怡 罗雪丹 陈锐云 李颖丽 吴桐 丁惜洁　图 / 受访者提供）

医工交会，探索无限可能！

在医学与工程交会的领域中探索无限可能！

古原、谷贝尔、寇怡歌毕业于广医的国家级一流专业——**生物医学工程**。

古 原

古原，曾获第八届全国大学生基础医学创新研究暨实验设计论坛国赛铜奖及中南赛区二等奖、第八届全国大学生生物医学工程创新设计竞赛国赛二等奖及广东省赛区二等奖，参与省级大创项目2项，以共同第一作者的身份发表文章2篇。现推免至广州医科大学生物医学工程专业读研。

谷贝尔

谷贝尔，曾获2022年全国大学生数学建模大赛国家二等奖及广东赛区一等奖、广东省大学生生物医学工程创新创业设计竞赛二等奖，以及校级二等奖学金、优秀三好学生等荣誉。现考研至北京航空航天大学机械专业。

寇怡歌

寇怡歌，曾获第八届全国大学生基础医学创新研究暨实验设计论坛国赛铜奖，以及校级特等奖学金、一等奖学金、优秀学生干部、优秀三好学生等荣誉，参与省级大创项目1项。现被香港大学健康与材料化学技术专业录取，攻读硕士研究生。

问：你们为什么选择生物医学工程专业？

古原：我对生物医学工程领域的技术应用充满好奇，并渴望为解决医学和健康领域的问题贡献力量。生物医学工程是一个跨学科的领域。我十分愿意接受这个跨学科的挑战，也期待在生物材料方面有所作为，通过研究和开发应用型的医疗材料，如生物相容材料、生物降解材料和仿生材料等，推动医学技术的发展。

谷贝尔：首先，生物医学工程专业涵盖了生物学、医学、工程学以及计算机科学等多个学科的知识，使我能够从多个角度探索医疗领域的问题。其次，在生物医学工程专业学到的技能和知识，可以帮助我设计和开发医疗设备、改进医疗技术，以及助力研究新的医学治疗方法。

问：你们在本科期间有哪些科研经历？

古原：在省级大创项目“金属–多酚纳米药物的制备及其用于肿瘤温热应激诱导的铁死亡治疗研究”中，我学习了芬顿反应的检测、光热治疗在细胞实验中的设计和操作、弛豫性能的验证技术，并初步了解了原子力显微镜。该项目主要通过金属–多酚之间的相互作用，不断优化处方及工艺，构建肿瘤微环境响应的光热与铁剂的纳米药物，用于肿瘤联合治疗。

我还参与了省级大创项目“金属配位的光响应型纳米药物用于肿瘤铁死亡的研究”。项目中，我学习了有关铁死亡领域的实验，以及从基础验证到细胞验证的系列实验操作。研究通过简单温和的方法构建一类配位驱动的光响应金属–多酚纳米药物，利用金属离子与多酚以及金属离子与羧基间的配位作用力制备 Fe-TA-Azo 纳米粒子，以实现高效治疗肿瘤的目的。

在校级大创项目“主客体组装纳米药物调控肿瘤相关巨噬细胞协同增强免疫治疗”中，我主要负责纳米药物与肿瘤相关巨噬细胞的相互作用研究。通过实验，我深入了解了巨噬细胞在肿瘤免疫治疗中的作用机制，并学习了如何设计和制备调控巨噬细胞功能的纳米药物。

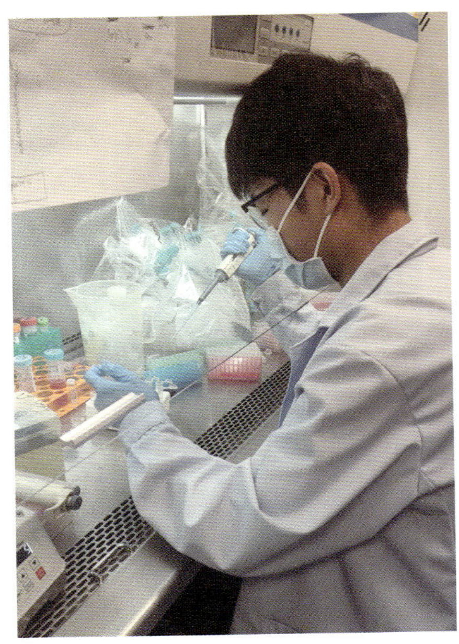

古原在进行细胞实验

谷贝尔：当前，临床检查肺动脉高压的“金标准”依赖于右心导管术以检测肺部血管血流动力学参数。但右心导管检查是一种有创的介入式检查，检查费用昂贵且检查过程存在感染、诱发室颤、造成气胸和血胸等风险。在此背景下，我进行了肺动脉高压的无创诊断方法的探索：基于先进的图像处理技术、机器学习算法和生物标志物分析，自动筛选、提取与肺动脉高压相关的临床、影像和生物标志物等指标，以实现对肺动脉高压的准确识别。

这种方法不仅能够减少患者的痛苦、降低并发症风险，同时还能提高诊断的便捷性和接受度，并在早期诊断、病情监测和治疗效果评估等方面发挥重要作用。

在构建肺动脉高压无创诊断的回归模型中，我们没有办法很好地获取心室容积。起初，我们用 AI 算法对输入的磁共振图像进行测量，但是根据结果推导出的模型是有误的。之后，我们与导师和师兄沟通问题，探究解决思路，在他们的帮助下，我们和广医一院的医生联系并合作，使用医院的 CVI（计算机视觉信息）处理系统，从而进行更精确的图片分割和数据测量。

问：你们在本科期间发表了哪些文章？

古原：我曾以共同第一作者的身份在中国科学院二区期刊 *European Polymer Journal* 发表论文 *Construction of Multifunctional Targeted Nano-Prodrugs Based on PAMAM Dendrimers for Tumor Therapy*。我们提出了一种基于 PAMAM（聚酰胺－胺）树枝状聚合物的纳米前体药物递送系统，用于靶向肿瘤治疗。对纳米药物进行表征、血液实验、细胞实验、动物实验，证明其具有明显的抗肿瘤作用。在研究过程中，我主要负责纳米药物的制备和表征工作，并掌握了有关纳米药物高分子合成和表征、体外细胞实验和体内动物实验，如 MTT 实验、靶向性验证实验、抗肿瘤评估实验等。

在前期的纳米药物合成中，同一个研究小组的研究生师兄郑国栋和师姐尚同祎、李雨薇、段雨希、蔡燕君帮助我掌握了旋蒸、冻干、透析等实验操作，科研数据分析方法以及绘图软件的使用。由于动物实验较为复杂，初次设计动物实验的我无比焦虑，蔡燕君师姐带着我从基础文献入手，了解游离药物的毒性作用，确定实验剂量，选取实验对象，采购耗材试剂，进行小鼠实验，传授我尾静脉给药和种瘤技能。最后，研究成功达到预期目标，文章顺利发表。

我在中国科学院一区期刊 *International Journal of Biological Macromolecules*，以共同第一作者、第三作者身份发表文章 *Supermolecular Nanovehicles Co-Delivering TLR7/8-Agonist and Anti-CD47 siRNA for Enhanced Tumor Immunotherapy*。研究小组通过主客体相互作用构建了 CHTR/siRNA 的纳米组装系统，可用于多种治疗剂的级联肿瘤免疫治疗的共同传递。研究中，我主要负责高分子合成和实验数据分析，并在尚同祎师姐的指导下，学习了琼脂糖凝胶电泳、激光共聚焦显微镜、核磁氢谱仪器的操作等。

寇怡歌：我以第三作者的身份参与中国科学院二区期刊 *European Polymer Journal* 论文 *Construction of Multifunctional Targeted Nano-Prodrugs Based on PAMAM Dendrimers for Tumor Therapy* 的发表，这是我第一次学习如何进行英文论文撰写。在研究中，我负责文献资料收集、基础表征实验、载药量及释药行为实验以及文章测试结果部分的整理撰写。

问：你们有哪些学术竞赛的经历呢？

古原：我曾参加第八届全国大学生基础医学创新研究暨实验设计论坛，并获得国赛铜奖、中南赛区二等奖。我了解到这个比赛的含金量很高，于是在比赛报名通知发出后，第一时间带领小伙伴们报名参加了这个比赛。我们想通过这场比赛积累参赛经验，提升个人能力，并从比赛的过程中了解目前研究热点，进一步学习研究。

参赛过程中，为了让团队研究成果得到更好的展示，我勇敢突破自己，学会了大方表达，这是我最大的收获。

我曾连续三届参加全国大学生生物医学工程创新设计竞赛，并获国赛三等奖 2 次、二等奖 1 次。

大一时，我便从中国生物医学工程学会微信公众号推送的通知中，了解到了这个比赛。从跟着师兄师姐撰写申报书，到参与实验，最后到跟随导师杨斌老师参加第八届比赛决赛，每一次参赛，都是不同的体验，也是我成长的见证。

谷贝尔：本科期间，我参加了广东省大学生生物医学工程创新创业设计竞赛，并获得二等奖。团队设计了一款基于人工智能的大规模人群红外体温监测仪。它主要面向大规模人群进行体温监测，可以分割出行人图像区域，并计算出该区域的温度，同时自主设计远程网络直播监控平台。该监测仪是在疫情背景下设计的，旨在为未来大规模流行性疾病的监测提供有力工具。

寇怡歌：本科期间，我以“基于树枝状聚合物 PAMAM 构建多功能靶向纳米前药用于肿瘤治疗的研究”项目，参加第八届全国大学生基础医学创新研究暨实验设计论坛并获得国赛铜奖，还参加了第七届全国大学生生物医学工程创新设计竞赛、第十二届“华港杯”广东大学生材料创新大赛决赛等。

获铜奖的这个项目是通过化学合成的方法制备一种基于树枝状 PAMAM 构建 pH 响应性多功能靶向纳米前药，以实现对肿瘤的高效治疗。

问：你们在本科期间参与了学生社团工作、比赛和研究等，你们认为这几个方面是如何相互促进的？

古原：首先，社团活动为我提供了丰富的人际交往和团队合作机会，培养了我的团队合作和组织管理能力，这对科研和比赛都起到了重要作用。担任定向越野协会会长期间，我参与了校园大型活动“熊出没”定向越野比赛的筹备工作。在这个过程中，我学会了如何与不同的人合作、制订有效的工作计划、处理突发事件。其次，从事科研让我能够将理论知识与实践相结合，提高了解决问题的能力和实践能力。

古原（左二）与课题组成员在大夫山野餐

谷贝尔：我认为，大学期间的学生工作能锻炼我们的综合素质，比如团队协作能力、多任务统筹规划能力等。学习是知识输入的过程，而比赛是知识输出和经验积累的过程。三者相辅相成，合力提升我们的综合素质和能力。

问：在广医学习的时光，你们遇到了什么样的良师益友？

古原：我的指导老师杨斌，是我的科研生涯领路人。从查阅文献到方案确定，从实验操作到数据分析，以及论文撰写与格式修改等，杨老师都给予我悉心的指导。此外，雷琪老师、莫光权老师、朱继翔老师、张建老师、关晓颖老师等，都对我的学习和生活给予很多指导与帮助。

感谢课题组的师兄师姐们。他们教会我许多实验技能，比如高分子合成和表征实验、细胞实验和动物实验等。其中，刘倩倩师姐指导我完成了 Western Blot 实验、ELISA（联酶免疫吸附）实验、流式细胞术、肺转移实验等。

谷贝尔：谢国喜教授是我科研路上的启蒙者和领路人，他严谨的态度、专业的素养深深影响了我。

在科研项目中，谢老师在实验设计安排、功能实现思路等方面，给予我很多的指导。从实验设计、实验结果讨论与分析，到撰写与修改论文，老师都会给予我及时的指导，给我提供新的思路，让我有新的方向。在此过程中，我体会到做科研需要主动的精神，主动沟通、自主思考。

在考研复试的过程中，我的辅导员朱晓镭老师给予我很多关心和指导，包括跟进复试进度、询问准备情况、联系导师等。

感谢一路“研”途并肩奋斗、相互加油打气的林艳婷、仇梦乐、黄思敏等诸位好友和同学。参加各类竞赛过程中，我经常和曾贵娇、陈锦涛、陈雨同学相互学习交流。同时，感谢谢国喜副院长团队的所有研究生师兄师姐，他们为我答疑解惑，给予了我很多鼓励与宝贵意见。

寇怡歌：感谢我的导师杨斌老师。大一时，我加入了杨斌老师的课题组，并开始进行科研实验。杨斌老师对学生很负责，同时，他也给学生极大的自由。在学习任务紧张、学生工作繁忙时，杨老师会理解包容，让我专心处理自己的事；而当我有开展科研实验的意愿时，他会让我自己选择喜欢的方向进行研究，并在研究出现问题时给予我指导及建议。

在我对就业及未来规划感到迷茫时，我的辅导员梁杰芳老师，根据我的情况给了我一些针对性建议，并联系有经验的师兄师姐为我介绍有关情况。

前行路上，除了老师的关怀，还要感谢朋友同学的关心与帮助，是他们支撑我"医"路向前。大一还未分方向时，我对计算机编码课程感到十分头疼，林璟鸿和陈锦涛同学经常为我答疑解惑。我的舍友黄馨尔同学给我提供生活上的支持和帮助，在我感到难过、需要安慰时，给予我关心与建议。古原同学作为组长，带领我开展科研实验、参加竞赛等，并给予我很多帮助。

问：在未来的学习、科研、工作和生活中，你们将如何继续践行南山精神？

古原：在未知和不确定性面前，我会坚持不懈、百折不挠、永不放弃、勇往直前。在学习和科研上，我将追求卓越，努力提升自己的学术水平和专业能力，勇攀学术高峰。

谷贝尔：南山精神激励我们勇于承担社会责任，追求真理、追求卓越。在未来，我将继续传承和践行南山精神，秉持严谨和创新的科学态度，在医工交叉领域做有益的探索。

寇怡歌：南山精神激励我做事严谨认真，勇于担当，多关心帮助身边人，以积极向上的态度面对未来，严格要求自己。我会认真刻苦学习，多参加志愿活动，工作上实事求是，担当起自己的使命和责任。

问：对于未来的研究与职业，你们有什么展望？

古原：广医入选“双一流”后发展迅猛，广医二期工程和研究平台的建设，以及学术研究方面都进展显著。这意味着，我们将拥有更好的研究环境和更多的学术资源，因此，我选择继续留在广医攻读生物医学工程学术型硕士。

研究生阶段，我将在靶向药物输送系统、药物释放调控技术、多功能纳米药物平台、免疫调节纳米药物、药物组合疗法以及纳米材料的生物相容性和安全性研究等方面，不断深入探索，为个性化医疗、精准治疗和药物安全性提供更加可靠的解决方案，为医学科学的进步和保障人类健康贡献力量。

未来，我希望能够加入一家致力于解决医疗难题并推动医疗技术创新的生物公司，继续发挥我的专业技术和研究能力，为开发出更安全、更有效的医疗产品做出贡献，与同行们共同探索生物医学工程的学术前沿。

谷贝尔：我计划在智能医学方向深造，跟随研究生导师开展人机交互的相关研究，进一步提升自己的专业知识和研究能力。

随着人工智能融入医疗领域，我希望自己能把握这个机遇，在研究生阶段参与人工智能与生物医学工程结合的课题，并学习新的专业知识和技能，增强我在工程领域的综合能力。

生物医学工程专业的毕业生在医疗设备、生物制药、医疗器械等行业都有很好的就业前景，我希望能够在这些领域中发挥自己的专业技能，推动医疗科技的发展，服务于社会。未来，我会在医学科技的前沿继续探索，为人类的健康事业贡献自己的力量。

寇怡歌：我的研究生专业方向是健康与材料化学技术。在这个交叉学科的平台上，我期望能通过前沿的研究和实践，掌握该领域的核心技术和最新发展动态。

毕业后，我希望加入具有创新精神的企业，并将在技术和管理两个层面同步发展。我计划在技术路线上，通过参与重大项目和技术研发工作，深化专业技能；在管理路线上，我希望通过项目管理和团队领导的经验，逐步提升管理能力，开拓战略眼光。

我深信，通过不断的学习和实践，我能在未来的工作中实现自我价值，并为企业的发展贡献力量。

（文 / 古原 谷贝尔 寇怡歌 梁静汶 彭攸源 李颖丽 丁惜洁 图 / 受访者提供）

舌尖上的健康守护者，超赞！

探索食品奥妙，倡导全民营养，守护生命健康。

谢佳玉、周梦愉、成雯静毕业于广医的省级一流本科专业——**食品卫生与营养学**。

谢佳玉

谢佳玉，曾获第八届广东大学生预防医学技能大赛一等奖，校级一等奖学金、优秀三好学生、优秀学生干部等荣誉。现考研至中南大学湘雅公共卫生学院公共卫生专业。

周梦愉

周梦愉，曾获第 20 届中国大学生田径锦标赛女子甲组 4 × 400 米接力赛第七名，以及国家级奖学金、校级特等奖学金、优秀三好学生、优秀共青团员等荣誉，发表 SCI 论文 1 篇。现推免至广州医科大学公共卫生与预防医学专业读研。

成雯静

成雯静，曾获“百胜杯”食品安全与营养健康知识大学生竞赛广东省分站赛冠军及全国赛优胜奖，发表 SCI 论文 1 篇。现考研至郑州大学公共卫生专业。

问：你们为什么选择食品卫生与营养学专业？

谢佳玉：高考填报志愿前，我了解了食品卫生与营养学专业的学科背景和学习内容，发现这一专业与我们的生活息息相关。我对此十分感兴趣，因此选择报考了这个专业。

广医的食品专业从医学的角度，教会我们如何从饮食方面预防疾病，并通过饮食干预疾病的发生与发展。

成雯静：高考后，我查阅资料了解到，随着国民经济的发展，食物资源日益丰富，营养相关慢性疾病的发生率却呈现逐年增长的趋势，严重威胁居民的身心健康；同时，公众对食品安全愈加关注。

如今，医疗卫生政策由“重治疗”向“重预防”转变，日常生活方式和饮食习惯更加受到人们的重视。因此，深入学习食品卫生和营养学方面的知识，对于提高我国公共卫生水平、促进疾病预防具有重要意义。

问：你们在本科期间有哪些科研项目？

谢佳玉：我曾作为负责人主持省级大创项目“槲皮素影响肠道菌群色氨酸代谢改善慢传输型便秘的作用研究”。我还参与了省级大创项目“槲皮素调节肠道菌群色氨酸代谢改善高脂饮食诱导肥胖小鼠非酒精性脂肪肝的作用机制研究”。

这些课题都有较强的创新性与现实意义，我从中学到了许多知识与技能，如查阅文献、撰写综述、灌喂和解剖实验动物、培养细胞与构建模型、实时荧光定量 PCR 等。

科研十分需要耐心与毅力，实验操作也并非一帆风顺，失败是常有的事，我们需要保持严谨的科学态度，反思操作过程中可能出现的问题，并在下次实验中加以改正。即使是已经确定的实验方案，也可能会随着实际条件的变化不断进行修改。

周梦愉：我曾作为负责人主持国家级大创项目“基于前瞻性队列研究肠道菌群 / 脂肪酸代谢产物通路与妊娠期糖尿病发病的关联性”。项目中，我主要负责数据录入与整理、方案完善和项目跟进等工作。

我还作为主要成员参与校级科技创新项目“川陈皮素通过调控 KEAP1/NRF2/ARE 信号通路影响鼻咽癌细胞生长的分子机制研究”，主要负责细胞实验、撰写文章等工作。此外，我还参与了 4 项院级项目。

在科研中，我有两点启发：首先，主动争取项目非常重要。我主要通过以下两个途径来获得科研机会：第一，主动了解意向导师及其所在课题组的情况，带着自己的想法去和老师沟通，争取进组；第二，在学校分配的导师的课题组中主动争取一个负责项目的机会。其次，合作与沟通也很重要。我印象最深刻的是，自己第一次作为负责人带领同学完成项目申报的经历。当时，我第一次接触流行病学相关的知识，虽然前期做了大量的准备工作，但真正开始按研究方案执行时，还是遇到了很多问题，通过与老师的及时沟通以及与组内成员的合作，我们前后对方案进行了多次调整，最终顺利推进后续的研究。

在这个过程中，我学会了接受并处理意料之外的情况。同时，我也了解到今后做类似研究时需要格外注意的问题，这为我未来的科研之路提供了借鉴经验。

问：你们在本科期间发表了哪些文章？

周梦愉：我在 SCI 期刊 *Phytomedicine* 上发表论文 *Role of Curcumin in the Treatment of Acute Kidney Injury: Research Challenges and Opportunities*。文章综述了姜黄素在临床应用中的来源、药代动力学和局限性，以及其对 AKI（急性肾损伤）治疗的分子机制，为寻找 AKI 的有效防治策略提供参考。

对 AKI 的兴趣源于大一的医学概论课。后来，我恰好了解到药学院蔡轶老师正在研究中药在 AKI 治疗中的作用，于是，我向蔡老师争取深入研究 AKI 的机会，在蔡老师的指导下，我和研究生师兄一起完成了一篇综述。通过撰写这篇文章，我建立了基础的科研思维。

成雯静：我在 SCI 期刊 *Food & Function* 上发表文章 *Association of Serum 25-hydroxyvitamin D with Bone Health Measured by Calcaneal Quantitative ultrasound: A Large Cross-Sectional Analysis in Children and Adolescents*。结果显示，儿童和青少年血清 25- 羟基维生素 D 水平升高与更好的骨骼健康有关，强调了维持足够的维生素 D 水平以支持这一人群的最佳骨骼健康的至关重要性。

该文章使用英文撰写，需要用到许多学术方面的专业词汇，对我来说是一个挑战，我自行学习了许多相关内容。撰写这篇论文提升了我的英语水平，并且对于我的研究生考试起到很大的帮助，例如专业课考试中涉及的名词解释、复试现场要求的文献翻译等。

问：你们有哪些学术竞赛的经历？

谢佳玉：我曾参加第八届广东大学生预防医学技能大赛，并获得一等奖。

本科期间，我一直想参加专业知识方面的竞赛，以此来锻炼自己的专业能力，同时挑战自我。我是省赛 D 组的组长，比赛的主要内容是 CPR（心肺复苏术）和应急方案演练，这些内容对于非预防医学专业的学生来说，其实并不熟悉。

比赛中，我学习了标准的 CPR 操作、应急方案的制订方法，以及医护人员的任务分配，以保证在较短的时间内处理好突发状况。这些内容极其考验队员间的默契度与操作熟练度。在伙伴们的共同努力下，我们齐心协力，最终取得了良好的比赛成绩。

成雯静：我参与了 2021 年度“百胜杯”食品安全与营养健康知识大学生竞赛，并荣获了广东省分站赛冠军。作为食品卫生与营养学专业的学生，一定的实践经验对于专业的学习非常必要。因此，在了解到有相关的比赛时，我积极参与、组队报名。

在备赛过程中，我遇到了很多在书本和课堂上没有学到的知识，这不仅大大激发了我对食品卫生与营养学专业的兴趣，也提升了我的专业素养，同时锻炼了我的团队协作能力、临场反应能力。

问：你们有哪些临床学习实践经历？

谢佳玉：我的第一段实习在广州市番禺区南村镇社区卫生

服务中心，我在妇保科、儿保科、慢病科轮转。

实习中，我和妇保科的老师们为所辖社区内的新生儿产妇上门产检，和慢病科的老师们前往各个社区为老年人体检，还参与儿保科门诊的儿童保健。社区卫生服务中心是服务居民的基层机构，我们热心帮助每一位居民，这次实习让我有很大的满足感。

我的第二段实习在广州质量监督检测研究院，我所在的部门主要进行化妆品的检测工作。

由于我已有实验操作的基础，我得到参与检测化妆品及其原料安全性的工作机会，比如细菌回复突变试验、染色体畸变试验、实验动物的解剖与固定等，我在工作中学到的知识也为我的毕业设计提供了思路。

周梦愉：实习过程中有很多难忘的经历，其中最令我印象深刻的是在产科门诊遇到的一位患者。广医五院产科的梁丽芳医生看完她的检查报告后，建议她补充 DHA，但这位孕妈妈一再询问原因。

结合她的检查报告和所学知识，我推测她可能面临营养不良的风险。在征得老师的同意后，我用浅显易懂的语言给这位孕妈妈解释她目前可能存在的营养风险、DHA 的具体作用、孕期补充 DHA 的重要性以及目前相关健康指南推荐的 DHA 水平等。

听完我的介绍，这位孕妈妈主动告诉我们，她在摄入一些营养补剂的时候存在困难，所以才会一直询问。对此，我又给她进一步介绍了补充营养的膳食途径。最后，这位患者选择以补剂 + 膳食的方式补充 DHA。

这次经历让我更深刻地体会到专业知识在日常生活中的作用，也让我更加坚信，未来我能帮助更多的人。我决心认真学习专业知识，研究其应用价值与现存不足，在漫长的科研道路中坚持下去。

在检测研究院实习时，我遇见了很多让我深受启发的实习生小伙伴。他们会抽空主动跑到其他部门学习，也是在他们的带动下，我学到了很多本部门以外的东西，对相关岗位的认识也更加深入。令我印象深刻的是一位实习生的简历。在简历中，她把我们认为的重复枯燥的工作任务转换成了自己独特的经历与优势，这也给我提供了一些简历制作的新思路。

问：你们在本科期间参与了学生社团工作、比赛和研究等，你们认为这几个方面是如何相互促进的？

谢佳玉：大学的学习生活是理论与实践的结合，这种结合能够提高个人的能力。由此，我认为大学时期应当不断尝试、突破自我。

学生工作提高了我的组织能力与沟通能力，比赛与科研提高了我的专业能力，各种经历都使我的综合能力得到提升。

这几个方面也在一定程度上相互促进。比如制订实验方案时，我的组织能力使我的实验流程逻辑性更强、更可靠；进行比赛路演时，我在广播站锻炼学到的主持能力和演讲能力就发挥了作用。

成雯静：本科期间，学习是第一要务，在学有余力的基础上，可以参加一些学生工作、学术竞赛和科研活动等，丰富自己的课余生活，三者是相辅相成、相互促进的。

参加学生工作可以培养沟通能力、组织能力和人际交往能力；参加学术竞赛可以拓宽知识面，结识许多志同道合的朋友，培养团队合作能力、创新能力和独立思考的能力；参加科研项目则可以提高自身的科研能力，并将所学的知识付诸实践。

问：在广医学习的时光，你们遇到了什么样的良师益友？

谢佳玉：我非常感谢我的导师苏立杰老师。苏老师是我大一入学后学校分配的导师，也是我参加的各个比赛和科研项目的指导老师。

入学后，他在小组会上解答了我们对本专业的疑惑，并告诉我们未来可以努力的方向。我主动找到他，表明了参与科研的想法，对此，他给了我许多机会。平常，他会给我们分享许多有价值的文献；考研时，他给予我充分的时间备考；复试前，他提醒我需要注意的地方。大学时期我获得的许多荣誉与成果，都少不了苏老师的帮助与支持。

周梦愉：在广医，我遇到了很多良师益友。

黄朝明师兄是我科研道路上的引路人，我非常庆幸能遇到他。从大一进蔡轶老师的课题组起，我就开始跟着黄师兄学习基础的实验操作。我遇到难以解决的问题时，他总会耐心地给我提供不同的思路。向他学习到的知识和技能，我沿用至今。这些收获让我在独立负责项目时少了很多慌乱。也因为和黄师兄的接触，我在本科初期便得以了解研究生的真实日常，从而较早思考清楚自己今后是否要进行深入的学术研究，并提前做好相关的准备与积累。

在过去四年里，还有许许多多的老师与同学在我需要帮助的时候，为我提供最有力的支持，并给我带来很多思考的新角度，他们都是我最珍贵的良师益友。

成雯静：熊婷老师是我科研路上的引路人，她有丰富的学术资源和研究项目，为我提供了参与科研的机会。从项目开题到论文发表，每一步都离不开熊老师的悉心指导。熊老师总是不厌其烦地帮我修改申报书和文章，给予我莫大的帮助，其严谨治学的精神将是我毕生学习的榜样。此外，熊老师还给予我很多心理上的支持和鼓励，帮助我保持积极的心态，克服困难，让我在考研路上更加坚定和自信。

同时，感谢公共卫生学院的全体老师，尤其是我的辅导员路成浩老师在大学四年中对我学习和生活上的帮助。师恩难忘，铭记于心。

在我遇到困难时，我的室友们总是给予我帮助，感谢胡佳桢同学在科研上给予我支持。我和许多朋友相互鼓励支持，分担压力，共同进步，一起度过了独一无二的大学时光。

问：在未来的学习、科研、工作和生活中，你们将如何继续践行南山精神？

谢佳玉：南山精神引领着一代又一代广医人，我们要认真学习，争取学有所成，在自己的岗位上为社会贡献力量。

我会践行与传承南山精神：在科研中，保持严谨的科学态度，实事求是，坚持真理；在工作和生活中，无私无畏，敢于担当。

谢佳玉在广医校园

成雯静：我认为南山精神强调的是不断学习与成长、勇于开拓创新、积极承担社会责任和为公共利益服务的意识。我们要在不断变化的环境中保持学习，并且积极地提升自我，为社会做出贡献。

未来，我会继续践行南山精神。学习上，保持好奇心和探索精神，积极参与各类学习活动，不断增加自己的知识储备，跟上时代的步伐。工作上，认真做好本职工作，勇于接受挑战，以实际行动推动行业发展。生活上，增强责任感，积极参与志愿服务和社会实践活动，用实际行动影响和帮助周围的人。

问：对于未来的研究与职业，你们有什么展望？

谢佳玉：人生是旷野，我无法为未来的自己指出一条确定的道路。但可以肯定的是，我会认真完成学业，毕业后，在自己的工作岗位上发光发热，努力成为对国家、对社会有贡献的人。

周梦愉：研究生阶段，我希望通过进一步的研究和实践，提升个人的理论知识储备和科研能力；同时，我希望通过制作一些简单易懂的科普作品，让大家意识到饮食在健康中的作用，帮助更多人改善饮食方式，学会运用健康管理的方法，提高生活质量。

未来，我希望可以在相关的机构进行深入的学术研究，探索更多未知的领域，在全球公共卫生问题、新技术在公共卫生领域的应用等方面，做出力所能及的贡献。

成雯静：研究生阶段，我希望深入学习专业知识和技能，积极参加科研活动和学术竞赛，发表高水平文章，提升自己的科研能力。

我将开展基础营养学的研究，探索铁、锌、锰等微量元素及其转运蛋白调控重大疾病的分子机制，为相关疾病的防治提供新方向。毕业后，我希望成为一名大学教师。

（文 / 谢佳玉 周梦愉 成雯静 林以彤 梁昕悦 刘雨昕 丁惜洁 图 / 受访者提供）

手握“药”匙，解锁健康密码！

身载华夏民族的医药之魂，手握解读生命健康真谛“药”匙！

陈慧滢、肖妮毕业于广医的国家级一流本科专业——**药学**。

陈慧滢

陈慧滢，曾获第七届全国医药院校药学/中药学专业大学生实验技能展示活动二等奖，多次获校级特等奖学金、一等奖学金、优秀三好学生、优秀学生干部等荣誉。现推免至北京协和医学院药物化学专业读研。

肖　妮

肖妮，曾获全国大学生健康科普大赛二等奖，多次获校级优秀学生干部、优秀青年志愿者等荣誉，参与国家级大创项目两项、校级大创项目一项。现考研至同济大学药学专业。

问：你们为什么选择药学专业？

陈慧滢：高中时期我就对医药专业感兴趣，我的化学、生物学科成绩优异。考虑到自己更倾向于化学方向的研究，我选择了药学专业。

在本科四年的学习中，我对这一学科更加感兴趣，并产生想要继续深造的想法。

肖妮：首先，药学是一门连接化学与生命科学的交叉学科，我对这方面有极大的兴趣。其次，药学专业与日常生活联系紧密，具有巨大的发展潜力。因此，我希望通过自己的努力，为饱受病痛折磨的人们贡献一份力量。

问：你们在本科期间有哪些科研项目？

陈慧滢：我曾参与省级大创项目“海洋链霉菌来源的角环素类化合物分离与抗肿瘤活性筛选”。项目通过优化链霉菌 *Streptomyces lusitanus* SCSIO LR32 的培养条件，培养该链霉菌，并使用 HPLC（高效液相色谱）和 LC-MS（液相色谱 - 质谱联用）[尤其是 GNPS（全球自然产品社交分子网络）]技术，选择性地分离、纯化、鉴定角环素类化合物，再对其活性进行检测。

我还曾参与药学院拔尖人才项目“具有潜在开发价值的 *Aspergillus fumigatus* SAL12 菌株生产 Trypacidin 抗肺癌构效关系研究”。Trypacidin（杀锥曲菌素）具有抗肿瘤、抗肺癌、抗 MRSA（耐甲氧西林金黄色葡萄球菌）等活性，但是该化合物有结构复杂、不易合成和价格昂贵等特点。学校实验室有能够量产 Trypacidin 的菌株，因此我们考虑从它的结构入手，对该化合物进行简单修饰，得到一系列类似的化合物，再测试它们的抗肺癌等性质的活性，从而研究它们的构效关系。

肖妮：我曾参与国家级大创项目“天山雪莲花抗肺癌活性成分及作用机制研究”。当前，我国在天然药物领域的研究仍有空白。在张建业教授的指导下，我们对天然药物天山雪莲花进行研究，以明确其对肿瘤细胞的药理作用。这段科研经历启发我在科研之路上不断总结经验，探索思考，不因一时的不如意而挫败，而是要不断记录、反思与归纳。

我还曾参与国家级大创项目“基于微流控芯片的抗肿瘤新药筛选平台构建”，在项目中，我主要负责项目书撰写和相应的图片设计。该项目利用微流控平台进行药物筛选，利用微流控技术对肿瘤细胞进行3D培养，模拟体内环境以筛选药物，具有一定创新性。

问： 你在本科期间发表了哪些文章？

陈慧滢： 我曾发表一篇SCI检索论文 *The Crystal Structure of* $C_{19}H_{20}O_{8}$，这是关于红树林内生真菌烟曲霉（*Aspergillus fumigatus*）*SAL*12的一个新的次级代谢产物的报道。我们把烟曲霉SAL12进行大规模培养发酵、使用柱层析分离和高效液相色谱法分离制备代谢产物Trypacidin后，对其进行结构修饰，得到了一个晶体化合物。值得一提的是，我们首次在烟曲霉中分离得到了该化合物。

陈慧滢通过柱层析提取分离烟曲霉SAL12次级代谢产物得到的实验现象

问： 你们有哪些学术竞赛的经历？

陈慧滢： 我参加了第七届全国医药院校药学/中药学专业大

学生实验技能展示活动。参赛选手来自全国各地高校的药学院，这次比赛是检验自己的实验理论与技能的一次良机。

在比赛时，我发现，一些细节没有做好的根本原因是对实验原理不够清楚。参赛经历告诉我，平时就要养成做实验记录的良好习惯，每做一步都要详细记录，并且一定要弄懂实验原理与目的。

陈慧滢（左三）和老师、同学在实验技能展示活动中的合照

肖妮：我和2020级预防医学专业陆培蓉同学一起参加了全国大学生健康科普大赛，并获得二等奖。备赛过程中，陆培蓉同学负责相关文献的查找，我负责插图的绘制与排版。

我们要感谢指导老师赵晶和张建业，他们总能给我们提供非常有用的备赛建议，并及时地指出不足之处。

最让我难忘的是，赵晶老师看完我们的初稿后，指出我们的科普只是做到了比较成熟和科学地介绍，并没有达到科普大众化的目的。在赵晶老师的指导下，我们集思广益，想到可以通过顺口溜的方式更好地宣传HPV，并设计了一个朗朗上口的口号——“滚蛋吧！宫颈癌”。最后，我们顺利完成比赛，我对此非常有成就感。

问： 你有参加志愿服务的经历吗？

肖妮： 令我印象最深的是我在 2024 年初担任春运志愿者的经历。我们的志愿者团队帮助广州火车站的乘客进行票务查询，给他们指引线路，在温度较低的时候为他们提供姜茶、热水等。工作中，我们受到了很多旅客的赞赏。

我们曾遇到了一名低血糖的老人，我们即刻把他扶到棚内，随行的医护人员给他服用葡萄糖溶液。那时，我深刻地体会到自己学习的急救技能和即时判断处理的能力是多么重要。我会继续努力学习，希望有朝一日真正为社会贡献自己的一份力量。

肖妮（左三）与春运志愿者合照

问： 你们在本科期间参与了学生社团工作、比赛和研究等，你们认为这几个方面是如何相互促进的？

陈慧滢：学生社团工作、比赛和研究之间是相辅相成的。比如我在大一的时候进入院团委学生会科研部，更早地意识到参加课外科研活动的重要性。大三、大四的时候，我有了一定的知识储备和实验经验，开始参加更多比赛。

我会根据事情的重要程度来分配自己的精力。社团活动时，我会以放松享受的状态去和伙伴们学习轮滑技巧，一起聊天，出去聚餐；在参加科研活动、处理学生会工作和写作业时，我会投入更多的精力。

肖妮：这几个方面在一定程度上是互相促进的。参与学生工作的两年间，我在团委老师的指导下策划组织各项大型社团活动，丰富同学们的社团生活。在这个过程中，我不断学习提升自己的组织安排能力与沟通协调能力，这让我在面对突发状况时，能有条不紊地面对，让我在科研学习上不会轻易放弃，让我在面对枯燥的实验时不会失去耐心。而学生工作中锻炼的口头表达能力也让我在各个场合中都能得体地表达与交流。

肖妮参加学校团委会议后留念

大学期间，我还参加过辩论队。辩论让我能更加温和从容地看待问题，思考问题时更加深入和全面。大二期间，我担任广医学生社团联合会执行主席。策划活动时，事务细碎烦琐，要考虑场地人员和主题的协调、装饰方案和宣传工作等问题，辩论让我在思考问题时有更加清晰的思路，能从多个角度出发解决问题。

我很重视时间管理。首先，我会严格管理自己的生活作息，只有通过规律的生活作息，我才能对自己的时间分配更加清晰。其次，我会通过写周总结、月总结的方式，清晰规划好自己的每一段时间。大学阶段的自由度比较高，合理安排时间会让我对自己的生活更有掌控感。

问：在广医学习的时光，你们遇到了什么样的良师益友？

陈慧滢：我遇到了非常多的良师益友。张沁雯师姐在我的学习、科研活动中给我很多指导和建议。在她的影响下，我坚持背单词和参加比赛。此外，张沁雯师姐系统地跟我分享专业课的备考思路，并为我推荐了一些课程。

感谢课题组的导师陶移文老师和师兄师姐们。实验遇到问题时，陶老师会帮我解答困惑，师兄师姐们也会带着我学习实验技能，比如怎么根据混合物的组分更好地完成柱层析、液相制备以及培养细胞等。

肖妮：感谢我的辅导员李璇老师。当我感到迷茫或遇到问题时，李老师总会第一时间了解问题，并热情地为我解决问题。临近毕业季，李老师还会主动帮我改简历。

杨凯蓉同学在生活中给我提供了不少帮助。我们也会坦诚交流双方的缺点和需要改正的地方，努力弥补不足，提高自己。

课题组的黄颖红、康凯琪同学是我科研路上的好搭档，我们一起学习文献和准备比赛，对研究的问题进行深入的探讨和交流。感谢她们在科研道路上带给我许多启发和帮助。

问：在未来的学习、科研、工作和生活中，你们将如何继续践行南山精神？

陈慧滢：首先，作为学生，要努力学好专业知识；作为学生会、社团的一分子，要认真负责地做好自己的工作；作为实习生，要虚心学习、积极完成分配的任务。此外，作为未来的医务人员，我们要在国家需要我们的时候挺身而出。

肖妮：我会以高标准严格要求自己，将实事求是的科学精神贯彻于每一次实验。同时以最新的药物需求与病情进展为目标开展临床研究，真正做到个人价值和国家需要的统一。

问：对于未来的研究与职业，你们有什么展望？

陈慧滢：我会继续在药物化学专业深造，希望能成为研究所的科研人员。

肖妮：我将在生物与医药方向继续深造，希望未来能从事相关的研发工作。

（文 / 陈慧滢 肖妮 陈心彤 黎靖虹 吴桐 丁惜洁　图 / 受访者提供）

直博、保研、SCI……他们已成功晋级！

肩负救死扶伤的使命，解决患者病痛；探索疾病发生的机制，勇攀医学科研高峰！

郑子文、陈吉淳、黄覃耀、潘柏林、李佳欣、林振宗毕业于广医的国家级一流本科专业、国家“双一流”建设学科——**临床医学**。

郑子文

郑子文，曾获校级特等奖学金、优秀三好学生等荣誉，发表SCI期刊论文6篇（其中1篇为第一作者，2篇为共同第一作者）。现推免至北京协和医学院内科学专业直接攻读博士学位。

陈吉淳

陈吉淳，曾获2023年医学院校临床医学专业（本科）水平测试全校第一名，以及国家级奖学金、校级一等奖学金、优秀三好学生等荣誉，发表SCI论文4篇（其中2篇为第一作者）。现推免至北京大学第三医院心血管内科学专业直接攻读博士学位。

黄覃耀

黄覃耀，曾多次获国家级奖学金、校级特等奖学金、优秀三好学生等荣誉，发表论文 7 篇（其中 5 篇为第一作者，1 篇为共同第一作者）。现推免至中山大学肿瘤防治中心分子医学专业直接攻读博士学位。

潘柏林

潘柏林，曾获国家级奖学金、校级特等奖学金、优秀三好学生等荣誉，发表北大核心期刊文章1篇。现推免至中山大学孙逸仙纪念医院外科学专业攻读学术型硕士。

李佳欣

李佳欣，多次获校级金域奖学金、特等奖学金、优秀三好学生等荣誉，以第一作者的身份发表SCI论文3篇。现推免至四川大学华西医院内科学专业攻读专业型硕士。

林振宗

林振宗，曾多次获校级金域奖学金、特等奖学金、一等奖学金、优秀三好学生、优秀学生干部等荣誉，发表 SCI 论文 4 篇（其中 2 篇为第一作者）。现推免至首都医科大学神经病学专业读研。

问：你们为什么选择临床医学专业？

郑子文：“惟健康可承载圆满”，高中时亲人的遭遇让我对这句话有了更深刻的认识，也更加坚定了我报考临床医学专业的决心。

健康所系，性命相托，我希望做一名优秀的医生，为人民生命健康保驾护航。

陈吉淳：我从小就对生物相关知识十分感兴趣，选择临床医学符合我的兴趣，且广医临床医学的学科实力雄厚，令我向往。

李佳欣：成为一名医生，身披白衣，守护人类健康，是我一直以来的心愿以及奋斗目标。

林振宗：医学是一门非常有意思且富有挑战性的学科，选择临床医学一方面能帮我实现成为一名临床医生的理想，另一方面能带给我更多的学习机会。

问：你们在本科期间有哪些科研项目？

潘柏林：我主持了省级大创项目“热刺激促进间充质干细胞外泌体分泌的作用及机制研究”，我主要负责标书撰写、细胞实验及分子生物学实验等工作。项目计划通过多种实验方法，研究不同温度和处理时间对 MSC（间充质干细胞）外泌体分泌量及其性质与功能的影响。初步结果显示，低温刺激能显著增加外泌体分泌并呈现出时间依赖性，而其他温度无明显影响。

此外，我还参与了国家级大创项目“基于竞争风险模型构建评估晚期青年型肺癌患者预后的列线图”和省级大创项目“负载布地奈德的间充质干细胞外泌体在过敏性哮喘治疗中的应用”等。

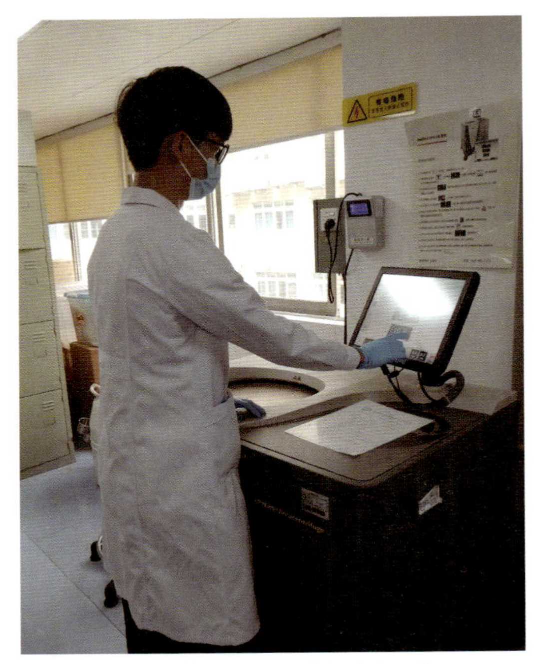

潘柏林在实验室操作超速离心机

李佳欣：我主持了国家级大创项目“基于竞争风险模型构建评估晚期青年型肺癌患者预后的列线图”。青年型肺癌患者是一个罕见的亚群，目前关于青年型肺癌患者的研究较少，且评估其预后时，常常忽略竞争风险事件的影响。本项目中，我们对比了青年和老年肺癌患者的死亡原因，同时通过构建竞争风险模型，预测晚期青年型肺癌患者的预后情况，为青年型肺癌患者的治疗提供指导。

林振宗：我参与了基础医学院李清清老师的国家级项目“卡介苗对 Aβ 所致的海马突触功能损伤的保护作用及机制的研究”。广医非常重视对本科生科研能力的培养，鼓励老师招募本科生参与自己的科研项目，因此我有机会参与这一项目。

项目探讨了卡介苗诱导的免疫激活对阿尔兹海默症模型小鼠突触可塑性的影响，进一步揭示免疫系统与神经系统间的联系，为阿尔兹海默症病理机制的免疫治疗提供新的见解。

问：你们在本科期间发表了哪些文章？

郑子文：在本科阶段，我发表了 6 篇 SCI 文章（3 篇中国科学院一区期刊文章），以下为以第一作者或共同第一作者的身份发表的 3 篇 SCI 论文：

一是在 *Lancet* 子刊 *eClinicalMedicine* 发表文章 *Efficacy and Safety of Pharmacotherapy for Refractory or Unexplained Chronic Cough: A Systematic Review and Network Meta-Analysis*。此研究对近 10 年间的新型镇咳药物进行了疗效和安全性的汇总与对比，为临床医生选择镇咳药物提供了循证医学的证据，也为后续药物研究的关注点提供了方向。

二是在 *European Journal of Pharmacology* 发表文章 *Gabapentin Alleviated the Cough Hypersensitivity and Neurogenic Inflammation in a Guinea Pig Model with Repeated Intra-Esophageal Acid Perfusion*。此研究与慢性咳嗽的药物治疗有关，在自主构建的咳嗽高敏豚鼠模型上证实了加巴喷丁的镇咳机制，为其“老药新用”提供了

理论依据。

三是在 *Journal of Heart and Lung Transplantation* 发表文章 *Risk Factors and Prognosis of Irway Complications in Lung Transplant Recipients: A systematic Review and Meta-Analysis*。此研究明确了移植后气道并发症的发病率、发生时机和危险因素，指出移植后气道并发症会影响肺移植受者的生存，提醒临床医生应在适宜的时机进行内镜检查，及时处理气道并发症，并为移植后受者的健康管理提供了循证医学证据。

黄覃耀：我在 *The Public Library of Science* 发表文章 *The Associations of Alcoholic Liver Disease and Nonalcoholic Fatty Liver Disease with Bone Mineral Density and The Mediation of Serum 25-Hydroxyvitamin D: A Bidirectional and Two-Step Mendelian Randomization*。此研究通过遗传统计学方法，探究了慢性肝病与骨密度的遗传易感性之间的关联，并进一步使用中介分析评估这种关联是否受到常见危险因素的影响及其影响程度。

在 *Medicine* 发表文章 *Association of Asthma and Lung Cancer Risk: A Pool of Cohort Studies and Mendelian Randomization Analysis*。此研究通过 Meta 分析证实了哮喘患者患肺癌的风险更高，使用遗传统计学方法支持了哮喘与肺癌风险之间日益增加的因果关系。

在 *PeerJ* 发表文章 *Construction and Validation of a Fatty Acid Metabolism-Related Gene Signature for Predicting Prognosis and Therapeutic Response in Patients with Prostate Cancer*。此研究建立了一种脂肪酸代谢相关的基因特征，可以预测前列腺癌患者的复发风险及其对化疗和免疫治疗的反应，为前列腺癌提供了一

种新的治疗性的生物标志物。

李佳欣：本科期间，我进行了多个方向的研究。我通过生物信息学分析方法筛选感染性疾病的生物标志物，以及整合分析大规模基因组数据发现与特定疾病相关的分子、基因或蛋白质特征，助力疾病早期诊断、提高诊断准确性，为个体化治疗提供指导，为实现精准医疗提供参考。以下为我以第一作者身份发表的 3 篇 SCI 文章：

一是在 *Acta Tropica*（中国科学院二区期刊）发表文章 *Screening of Potential Hub Genes Involved in Cutaneous Leishmaniasis Infection via Bioinformatics Analysis*。此文章基于生物信息学技术，是对皮肤利什曼病免疫相关新型分子生物标志物及其重要的感染通路的研究。

二是在 *BMC Microbiology*（中国科学院三区期刊）发表文章 *Investigation of Hub Gene Associated with the Infection of Staphylococcus Aureus via Weighted Gene Co-Expression Network Analysis*。此文章为基于生物信息学加权基因共表达网络分析的金黄色葡萄球菌感染的生物标志物研究。

三是在 *European Journal of Medical Research*（中国科学院四区期刊）发表文章 *Identifying Effective Diagnostic Biomarkers for Childhood Cerebral Malaria in Africa Integrating Coexpression Analysis with Machine Learning Algorithm*。此文章为基于生物信息学加权基因共表达网络分析联合机器学习算法的脑型疟疾的生物标志物研究。

林振宗：我在 *Human Vaccines & Immunotherapeutics* 发表文章 *Changes in Dendritic Complexity and Spine Morphology Following BCG*

Immunization in APP/PS1 Mice。此研究揭示了卡介苗诱导的免疫应答对 APP/PS1 阿尔兹海默症小鼠的海马区神经元树突和树突脊形态的影响，明确了这一免疫应答有助于改善阿尔兹海默症小鼠的神经元病变，并初步揭示了其潜在机制。

在 *International Journal of Endocrinology* 发表文章 *Composite Dietary Antioxidant Index is Negatively Associated with hyperuricemia in US Adults: An Analysis of NHANES 2007–2018*。此研究基于 NHANES 数据库上公开发布的数据，探讨了膳食中综合抗氧化剂指数与高尿酸血症间的关系，发现高指数水平与较低的尿酸水平相关，为高尿酸血症的预防和治疗提供了更多的循证学证据。

在 *Biochemical Genetics* 发表文章 *Identification of Key Pathways and Genes in SARS-CoV-2 Infecting Human Intestines by Bioinformatics Analysis*。此研究通过高通量测序技术和生物信息学分析，探讨了 SARS-CoV-2 病毒感染消化系统后肠道细胞基因表达的改变，揭示了感染后可能发挥关键作用的基因和通路，为 SARS-CoV-2 的肠道感染提供了新的见解。

问：你们在科研路上有哪些收获和启发？

郑子文：我加入了广州呼吸健康研究院陈如冲教授的课题组。在陈老师和组内的师兄师姐的指导下，我参与了一系列关于药物治疗慢性咳嗽的课题。

我们采用网状 Meta 分析的方式，对近年来进入临床试验的新型镇咳药物的疗效和安全性进行了汇总和排序，为临床医生选择治疗药物提供了循证医学的证据。并且，我们还对一些新近用于镇咳的老牌药物（加巴喷丁、阿米替林等）的具体机制进行了动物层面的探索，希望能够与临床现象相结合，为药物的疗效和安全性提供基础医学的证据。

在课题的进展中，我意识到咳嗽是最常见的呼吸道症状之一，对咳嗽病因和机制的探索如抽丝剥茧、侦探破案般充满挑战性和逻辑性，因此我也越来越对这个领域感兴趣。

“甘坐冷板凳”是我做科研最大的启发。我的第一篇文章于 2023 年 7 月被 *Lancet* 子刊 *eClinicalMedicine* 接收并发表，这距离我开始跟着黄浚峰师兄做科研刚好三年整。

3 年间，我从不觉得灰心、气馁。相反，我觉得这种不断学习和充实自己的过程，才使我从“沉默”中积攒“爆发”的能力，抓住机会，收获成功。

未来，我有可能坐时间更长的“冷板凳”，但我不会过多担忧。只要在一呼一吸间不断发力，就有希望把握住宝贵的际遇。

陈吉淳：大二时，我在基础医学院解剖学教研室李清清老师的课题组中学习了免疫荧光、Western Blot 等实验技术。

我最大的感悟是：科研不是纸上谈兵，一定要动手实践。在医学领域，这一点尤为重要。很多实验步骤的文字描述看似简单，但实际操作时，往往需要操作者有很高的熟练度。例如，老手做出来的蛋白质条带往往比新手更加清晰规整，所用时间也更少。只有将理论知识付诸实践，我们才能真正理解并掌握其深层含义和实际应用价值。

黄覃耀：在科研中，我负责了三方面工作，它们都使我受益匪浅。

首先，我对研究课题的想法进行具象化，将抽象的研究问题转化为可操作的研究方案，提高了我对研究课题的理解能力和逻辑思维能力。

其次，我进行了数据管理的工作，包括数据采集、整理和清洗。我学到了如何处理原始数据，识别和纠正数据中的错误和异常，确保数据的质量和可靠性。在软件运用方面，我掌握了R语言、Python数据分析工具和统计软件的使用方法，提高了数据处理和分析能力。

最后，我进行了论文撰写工作，将研究过程、结果和结论进行系统整理和表达。在过程中，我不断回顾和总结研究过程中的经验与教训，加深了对研究课题的理解和掌握。

李佳欣：刚开始做科研时，我培养了良好的自学习惯。我通过PubMed等网站阅读了大量有关文章，总结整理每篇文章的数据分析思路以及写作格式；自学掌握了R语言的基本操作，并能灵活运用代码进行数据处理与分析。

随着学习的不断深入，我从科研小组成员转变为负责人，开始独立完成阅读文献、寻找研究方向、制作文献汇报PPT等任务，也更积极地与老师沟通自己的想法。这些付出使我获得了不少成果——作为第一作者发表SCI论文3篇。

后来，我的积累有了收获。凭借R语言的操作技能以及论文撰写经验，我主动争取并获得了主持国家级科技创新项目的机会。这是我第一次主持科研项目，我负责撰写标书，并带领师弟师妹学习，这个经历进一步锻炼了我的写作能力、领导力和团队协作能力。

林振宗：进入课题组后，我提升了英文文献的阅读能力、科研思维和实验技术，争取到了更多的学习机会、参赛资格。

参与科研竞赛无疑是锻炼科研能力和团队合作能力最好的方法。在科研指导老师的建议下，我运用在课题组中学习到的科研思维和实验技术，组织了一个参赛团队，与老师和团队成员探讨并完善实验设计方案、完成预实验。

我们以“CircRNA circ-0004801 经 miR-7688-5p/TTBK1 通路调控阿尔兹海默症的机制研究”项目参与了第九届全国大学生基础医学创新研究暨实验设计论坛，并获得国家级铜奖。这次经历让我将自己的科研思维付诸实践，我也从项目参与者转变为负责人。

林振宗（右二）在第九届全国大学生基础医学创新研究暨实验设计论坛总决赛后与团队成员合照

问：你是怎样申请的直博？

黄覃耀：申请直博推免资格时，我首先通过邮件联系了我感兴趣的导师。导师对我的科研成果、学业成绩等表现出浓厚的兴趣，于是安排了线下一对一考核，考核历时 3 小时，内容涵盖了学业成绩、英语水平、学术能力以及我参与的科研工作。

这次考核不仅检验了我的学术能力和科研潜力，也让我对未来的科研工作有更深入的认识。最终，我获得了直博资格，这对我来说是一种莫大的认可，也是我长期努力的回报。

问：你们有哪些志愿服务的经历？

郑子文：我曾在广州国际马拉松比赛中担任志愿者。前期准备的 3 周中，所有报名的医疗辅助志愿者需要反复背诵识别紧急情况的口诀，并参加多次培训和考核筛选。

2020 年的广州国际马拉松比赛，本身就意义非凡，是当时疫情之下全球最大规模的全马赛事。赛场有来自广州各大医院的急救团队，跑团里也有背着 AED 的医师跑者，大家齐心协力保障选手们的安全。

这场马拉松让我亲身体会到了顽强绽放的生命力，以及志愿服务的意义和价值。

陈吉淳：我曾作为玉烛遗体捐献志愿者协会的一员，上门探望退伍老兵苏培义老先生，他已经办理了无偿遗体捐献登记手续。

谈起捐献的原因，老先生非常坦然地说道："我不伟大，我很普通，如果我的遗体能够帮助到社会就很好了。"我被老一辈军人的家国情怀与奉献精神深深打动，未来，我将以他为榜样，作为一名医生，为人民生命健康奉献自己的力量。

李佳欣：我曾连续三年参与春运志愿服务。我遇到了很多老年人，并帮助他们顺利进站。

活动中，我想到我的父母，我为自己感到很欣慰。我想，如果我能帮助别人，一定也会有人在别处帮助我的家人。听着耳边传来的一声声“谢谢”，我非常自豪和满足，这就是我和我的小伙伴们坚持参加春运志愿服务的动力源泉。

问：你们在本科期间参与了学生社团工作、比赛和研究等，你们认为这几个方面是如何相互促进的？

郑子文：参与活动带来了更多提升个人能力的机会，也培养了我调节情绪状态的能力。

主持队的训练锻炼了我的表达能力，对上台演讲、做科研汇报等有很大的帮助；我在网球队和武术协会培养了多样的兴趣爱好，这有助于我保持健康愉悦的精神状态。

郑子文（右一）主持第二临床学院 2020 年迎新晚会

陈吉淳： 各种工作内容看似复杂且不同，但所需的核心能力是相同的。这些核心能力包括沟通能力、团队合作和管理能力等。我们应该注重培养这些核心能力，不断提升自己的综合素质，以应对不断变化的工作环境和挑战。

例如，我曾参加第九届全国大学生基础医学创新研究暨实验设计论坛，并获得国赛铜奖。我希望通过比赛，在与来自全国各地的优秀选手的交流中拓宽自己的视野，为未来的医学职业生涯打下坚实的基础。参赛不仅提升了我的专业知识和技能，还锻炼了我的团队协作、应变能力，增强了我的自信心。

黄覃耀： 大学期间，学习和科研的相互促进非常重要，可以推动个人的学术发展。

通过参与科研项目，我能将课堂上学习的理论知识应用到实际问题中；在学习过程中，我还掌握了许多研究方法、学术写作技巧等，这为我在科研项目中的实践提供了重要支持。

此外，交流和分享有助于提升学习和科研能力。我经常参加学术讨论会、研究小组等活动，与同学们分享自己的研究思路和成果，并获得了许多宝贵的反馈和建议。

黄覃耀（左二）和同学一起参加千里马杯乒乓球比赛

林振宗：虽然不同的任务会分别占据大量时间，并有可能会彼此冲突，但通过恰当的任务分类和时间分配，能够实现三者间的相互促进。

首先，学生社团工作让我学会了时间管理，这在科研和学习中是非常重要的。其次，学科学习和科研是相互促进的。平时课内学习的知识是科研的基础，而科研让我学会了辩证思考，使我更深入地理解知识，拓宽了我的视野，让我了解未来医学发展的方向。

问：课余时间，你如何缓解压力？

李佳欣：在广医，"汗水 + 音乐 = 快乐"。

本科 5 年，我收获了快乐的校园生活。我很喜欢在每个凉风习习的夜晚，在广医的操场上奔跑，戴上耳机，听着轻松愉悦的音乐，将压力与烦恼暂时抛却脑后。这于我而言，不仅是一段释放压力的过程，也是一段与自己独处思考对话的时间，让我能够反省自己，理清学习、生活中的难题。

问：在广医学习的时光，你们遇到了什么样的良师益友？

郑子文：老师们严谨的工作态度，以及对临床和教学的热爱都深深影响了我。

科研上，陈如冲教授是我的第一位科研导师。当我的课题遇到问题时，陈老师会耐心帮我分析后续的方向和解决办法，也会用临床经验告诉我，我正在进行的课题是"确有意义的科学研究"，给我勇气攻克有难度的课题。此外，每次返修文章时，无论陈老师的临床工作有多忙，他总会抽出一整段的时间跟我们讨论，给予我宝贵的建议。

临床上，广医二院的许浦生老师会随身携带记录着患者病情以及注意事项的小本子，并在查房时细心地为我们讲解。更难得的是，许老师还时常与我们分享他总结的学习方法论，他传授给我的“史症征检疗”已成为我考虑临床问题的模板。

黄浚峰师兄是最早带我做科研也是我跟随学习最久的师兄。我在主持队认识了师兄，是师兄给我进入呼吸疾病全国重点实验室做实验的机会，并在之后将我引荐给陈如冲教授，结束了我“科研黑户”的身份。此外，他曾在我纠结研究方法的选择时，告诉我“方法学没有好坏，只有适不适合”，鼓励我放心大胆地学习和尝试不同的研究方法，给我很多启发。

黄覃耀：在广医学习的五年里，我的导师张钰莹老师和我的舍友赵宏军对我的科研和学习提供了巨大的帮助，我深深感谢他们在我学习生涯中的陪伴和指导。

大二时，一场科研讲座激发了我对科研的兴趣。于是，我找张钰莹老师寻求指导，她接受了我的申请，并给了我一个研究课题。张老师不仅在学术上给予我指导，还鼓励我阅读相关文献，学习所需的技能；她耐心地解答我的问题，指导我如何设计实验、分析数据，还给了我许多写作方面的建议。通过她的指导，我逐渐熟悉了科研的流程和方法，提升了自己的学术能力。

与此同时，我的舍友赵宏军也在张老师的指导下进行学习，我们互相支持、共同进步。每当我遇到困难或有不理解的地方，我都会向舍友请教。他总是耐心地帮助我，与我分享他的学习经验。我们一起讨论问题，分享学习成果、共同进步。

与这两位良师益友相伴，我不仅在学术上取得进步，也在人际交流、团队合作等方面有了很大的收获，这让我更加坚定了从事科研的决心。

潘柏林： 我很感激在广医遇到的自己科研的引路人——教授张孝文老师以及助理研究员廖雯静、徐梅茜师姐。张老师十分热情地回应我的入组申请，并给我学习机会，认真安排师兄师姐带我学习、做实验。学习期间，两位师姐极其细致地带着我从零开始一步步做起，将许多实验技术细节毫无保留地传授给我，并耐心地指导我一些科研的基本思维和逻辑，让我在本科期间就接触到很多基础实验，培养了我初步的科研思维。

同时，我要感谢辅导员叶明老师、段慧菡老师和梁伟堂老师。在生活学习等方面遇到困难、挫折时，老师们给予我很多鼓励、指导，为同学们提供了很大帮助。

最后，非常感恩我的舍友。在准备研究生考试期间，我们宿舍的氛围很好，经常一起讨论学业问题，并共同提出解决方案，慷慨地分享专业学习资源。空余时间，我们一起出去聚餐、打球。生活上，我们互相迁就，默契地达成了合适的作息规律。特别开心的是，最终宿舍全员上岸，分别去到了中山大学、广州呼吸健康研究院等心仪的研究平台。

潘柏林（右三）与第一临床学院足球队队员赛后合照

李佳欣：感谢广医三院的郭旭光老师。在科研及未来职业生涯的规划上，郭旭光老师是我的引路人。他帮助我尽早培养了良好的科研习惯，还为我们请了很多师兄师姐分享保研经验，对我未来道路的选择起到重要影响。

非常感谢花都区人民医院的老师们。在我刚踏入临床实习、面对真实临床工作时，有些畏首畏尾。是他们一直鼓励我勇敢尝试，在旁边观察我的每一步操作，及时指出并纠正我的问题。令我印象深刻的是，当接到需要做穿刺的患者时，老师帮我争取了做骨髓穿刺的机会，并一直在旁边耐心指导、鼓励我；那位患者即使知道我是实习生，也愿意给我一个尝试的机会。最终，我近乎独立完成了职业生涯的第一次胸腔穿刺和骨髓穿刺。

感谢课题组的师姐们。曹勋杰师姐每次都耐心解答我的困惑，给我提供了许多学习资料及建议。当我在保研过程中犹豫不决、充满困惑时，詹芷晴师姐始终鼓励我，给我出谋划策，分析利弊。

我还要感谢身边所有的小伙伴，正是他们的陪伴让我的生活充满欢乐。

林振宗：在广医学习的5年中，我遇到了许多良师益友。

基础医学院的李清清老师、武莹莹老师和王潇老师教会了我许多实验技术，带领我进入了神经科学领域。老师们向我传授系统阅读文献、汇报展示以及实验设计等知识，为我的科研道路夯实了基础。

我在我的舍友陈吉淳同学身上学到了许多。保研夏令营阶段，我们互相通知院校面试通知，交流材料准备，分享面试经验。

问：在未来的学习、科研、工作和生活中，你们将如何继续践行南山精神？

郑子文：南山精神是广医人凝练的独特、宝贵的精神财富，鼓舞我们直面新机遇、新挑战。

未来，我会在本领域潜心钻研，提升自己的专业水平，做到“不唯书，不唯上，只唯实”。当祖国需要我的时候，有勇气挺身而出，有能力做出应有的贡献。

陈吉淳：钟南山院士始终坚守“人民至上、生命至上”的理念，严谨敬业，践行优良医德医风，是我的榜样。

未来，我将积极投身医疗健康事业，恪守职业操守，运用专业知识为人民的健康与幸福贡献自己的力量。

黄覃耀：在未来的学习、工作和生活中，我会踏实践行南山精神。积极参与实践、科研，提升自己的能力，将所学运用到实际问题中。同时，我也会注重团队合作，为社会的发展和进步贡献自己的力量。

潘柏林：我认为南山精神是伴随我一生的宝贵精神财富，时时激励我努力进取。高山仰止，景行行止。

潘柏林在新生参观校史馆活动中担任讲解员

李佳欣：南山精神给予我们精神的滋养，激励我们不断追求创新、提升自我。

未来，我将继续传承发扬南山精神，提升专业本领和研究能力，向着成为一名“研究型医生”的目标而不断努力。

林振宗：作为一名临床医学专业的学生，服务于人民健康事业是一种责任担当。

未来，我将始终铭记南山精神，以患者利益为主，站稳人民健康立场。我将不断提升自己的业务能力和科研水平，在积累临床经验的同时，争取完成高水平科研项目。

问：对于未来的研究与职业，你们有什么展望？

黄覃耀：癌症是严重威胁人类健康的重大疾病，对其进行深入研究和攻关，是我未来学术和职业生涯的重要目标。我希望能够通过自己的努力和探索，为癌症的防治做出一些贡献，为广大患者带来希望。

我将聚焦于癌症的发病机制，深入研究癌症的发生、发展和转移过程，探索癌细胞的生物学特性和分子机制，寻找新的治疗靶点和方法。我将通过科学研究，为癌症的早期诊断、个性化治疗和精准医疗提供科学依据和技术支持。

我的理想是成为一名临床科学家，致力于将科学研究成果应用于临床实践中，推动医学科学的进步和临床水平的提升。我希望通过自己的努力和实践，为改善患者的生活质量和治疗效果做贡献。

潘柏林：研究生期间，我将深入泌尿外科的学习。我对内窥镜和机器人手术等操作很感兴趣，同时希望能开展一些有意义的科学研究，最终服务于临床，治愈更多病人。

未来，我想成为一名临床科学家，不仅具备扎实的专业素养，还能够做出高水平的科学研究并实现成果转化。我希望不断创新，探索生物医学中许多未知的领域，努力为医学事业的发展做出贡献。

李佳欣：研究生阶段，我选择了消化内科方向，主要有以下两个原因：

其一，我偏爱内科思维的缜密性和逻辑性，而消化内科属于传统大内科的重要组成部分，我能在学习中充分培养自己的临床思维能力。

其二，近年来内镜技术蓬勃发展，其适应证逐渐拓宽。运用内镜技术能够满足我动手操作的愿望，且治疗效果显著，可以让我收获作为医生的成就感。

未来，我希望不断提升临床技能、培养临床思维、积累临床经验；在临床中发现科学问题，做有意义的研究，努力成为一名兼顾临床和科研的消化内科医生。

林振宗：研究生期间，我将开展神经病学的相关研究。神经系统是人体中最复杂和精妙的系统，我对此很感兴趣。同时，这一研究领域存在大量空白，具有广阔的发展空间，富有挑战性。

此外，我想在硕博期间从事改善急性缺血性卒中患者预后的研究。我的长期规划是以医疗质量控制的研究为核心，开展卒中患者入院到出院各个阶段的随访研究，以完善卒中患者各阶段治疗和管理的方案，改善患者的预后情况。

（文 / 郑子文 陈吉淳 黄覃耀 潘柏林 李佳欣 林振宗 朱睿 刘芷莹 何佳潞 彭攸源 李松安 万梓恒 刘雨昕 丁惜洁　图 / 受访者提供）

医路“童”行，播种爱与希望！

播种爱与希望，守护梦与蓝天！

赖健美、颜卓宜毕业于广医的国家级一流本科专业——**儿科学**。

赖健美

赖健美，曾获南山医学奖学金，多次获国家励志奖学金，以及校级特等奖学金、优秀三好学生等荣誉，发表SCI论文2篇。现推免至中山大学孙逸仙纪念医院妇产科学专业读研。

颜卓宜

颜卓宜，曾多次获校级一等奖学金、优秀三好学生、优秀学生干部等荣誉。现考研至广州医科大学附属妇女儿童医疗中心儿科学专业。

问：你们为什么选择儿科学专业？

赖健美：我从小就在儿科诊所旁长大，对儿科医生这个职业有着向往和崇拜。

本科五年间，我逐渐爱上了儿科专业。儿科学院的各位老师给予我很多帮助和指导，让我不断成长进步。

颜卓宜：我很喜欢孩子，并且十分关注儿童健康问题，因此我选择了儿科学专业。

问：你在本科期间参与了什么科研项目？

赖健美：我曾参与省级大创项目"SGLT-2 抑制剂达格列净对 2 型糖尿病脂质代谢的研究"。糖尿病病人伴血脂异常在临床上非常常见，且有研究表明糖尿病与 CVD（心血管疾病）风险的增加有关。SGLT-2 抑制剂达格列净是一种新的糖尿病治疗药物，研究表明，使用达格列净可影响患者的脂质代谢，但对于其是否能降低 LDL-C（低密度胆固醇）尚存在争议。为探究达格列净对于糖尿病伴脂质紊乱的病人降低心血管疾病风险的效果，我们在张常娥老师和龙涛老师的指导下，设计了细胞实验、动物实验以及临床试验，进行进一步的探究。我主要承担动物实验和临床试验的设计，以及项目材料的撰写工作。

科研路上，我熟练掌握了检索文献、阅读文献的技能，收获了撰写项目标书和设计实验的经验。

此外，科研培养了我的毅力、耐心以及自我反省的能力，这是我最大的收获。实验结果差强人意时，我们需要从头到尾、仔细复盘每一个步骤。即使缺少一个环节，整个实验都可能无法推进，对此，我养成了及时记录实验操作的习惯。

问：你在本科期间发表了哪些文章？

赖健美：我以第一作者的身份在 *Archives of Virology* 上发表文章 *Research Progress on Pathogenic and Therapeutic Mechanisms of Enterovirus A71*。得益于在实验室的所见所学，我探究学习了细

胞信号通路的知识，并申请了这个课题。

项目中，我负责制订方案、把握项目进度、分配任务以及协调沟通，我们在各大数据库检索、筛选文献，并以思维导图的方式，分类整理不同的观点。最后，研究总结出肠道病毒EV71触发先天免疫反应、免疫逃逸及炎症反应的细胞通路，以及现有治疗药物和疫苗的治疗机制，为肠道病毒EV71未来的治疗和预防方向提供新见解。

我以第二作者的身份在*Molecules*发表文章*Naringenin Induces HepG2 Cell Apoptosis via ROS-Mediated JAK-2/STAT-3 Signaling Pathways*。项目主要探究柚皮素（天然有机化合物）是否能诱导HepG2细胞凋亡及其凋亡通路。通过CCK-8、JC-1、Annexin、细胞周期、Caspase-3活性、Caspase-9活性、ROS（活性氧）、Western Blot实验，我们发现柚皮素能够有效诱导HepG2细胞凋亡，除了经典的线粒体内源性凋亡途径，还能通过JAK-2/STAT-3通路抑制肿瘤细胞的生长和生存。

项目中，我独立开展并完成了上述实验。同时，我自学使用GraphPad Prism、ImageJ等分析实验数据，使用PS等制作图表，使用Zotero管理文献，并在李英华老师和陈丹阳师姐的指导下，撰写和返修文章。

问：你有什么学术竞赛的经历？

赖健美：我曾参加校临床技能大赛，并获得团队特等奖。在这个过程中，我收获了老师们非常全面的临床技能指导。这为我日后的学习和工作生涯，打下很好的基础。非常感谢辛苦指导我们的每一位导师，更要谢谢一路陪伴我们的广医附属妇女儿童医疗中心传染科的李旭芳主任！

训练期间，李主任陪我们捋清所学的理论知识，耐心带我们重复训练的每一项基本操作。主任还为我们拍摄训练视频，复盘视频中出现的操作失误。同一时段，我们还要准备保研面试，因此时常感到焦虑。对此，主任一直鼓励我们，并为我们协调训练和讲课时间，最终，我们顺利完成比赛和保研面试。

问：你做自媒体有什么感受？

赖健美：目前，我在 B 站做学习类博主，分享自己的本科阶段的专业知识和科研技巧。成为博主的初衷是“以教促学”，与其说通过自媒体分享，倒不如说是自媒体在帮助我巩固知识与技能。

做自媒体的过程中，我收获了非常多的指正与建议。我按照自己的理解讲解一些知识，有人会在评论区指出我的错误，让我的理解更深入、全面。此外，有用户在评论区留下自己的困惑，会有很多“大神”来帮他解答，我便从大神的解答中吸取很多知识，丰富我的知识储备。

做自媒体和学习是一个相辅相成的过程，是一笔十分宝贵的财富。

问：你们在本科期间参与了学生社团工作、比赛和研究等，你们认为这几个方面是如何相互促进的？

赖健美：平衡各项任务最重要的就是做好时间规划。制订规划是我长久以来的习惯，每周我都会提前写好大概的时间分配。初入大学时，我将八成时间用于学习，剩下的两成时间用于社团工作。大一、大二阶段，积累了一定的医学理论知识储备和文献学习能力后，我便开始接触科研。大三之后，我把五成时间用于学习，四成时间用于科研，一成时间用于放松。

颜卓宜：不要把学生工作当成负担，一旦认为工作是负担，不仅做不好工作，还会影响学习状态。学生工作和学习两者是相互促进的。繁重的工作反而会督促我努力提高学习效率，让我更有规划地安排工作和学习。

以我参与志愿活动的工作经历为例。大二期间，我作为 2020 年广东省住院医师规范化培训妇儿专业临床技能竞赛的志愿者负责人，需要招募 100 多位志愿者，还要管理、分配志愿者的志愿任务。这次经历大大提升了我的抗压能力、临场发挥能力，我也学会了如何在任务繁杂时平衡各方面事务。志愿服务的圆满完成让我很有成就感，这是一段很难忘的经历。

颜卓宜（左四）担任 2020 年广东省住院医师规范化培训妇儿专业临床技能竞赛志愿者负责人

问：在广医学习的时光，你们遇到了什么样的良师益友？

赖健美：我最感谢广医附属妇女儿童医疗中心传染科的李旭芳主任。李主任给予我有用又中肯的建议，像是海上的指路灯。她还像朋友一样和我们相处，我非常喜欢她！

李主任逻辑清晰、专业知识储备丰富，能把一个传染病的发生发展过程讲得很透彻。参加技能培训时，李主任会先带着我们梳理简历框架，再抠细节，完善整个框架。李主任是我的榜样和努力的方向。

颜卓宜：我和我们专业另一个班的班长卓灿鹏是学习搭子。我们俩在学习上相互督促，一起出去吃饭、娱乐，给予对方情绪价值和学习动力。特别是考研时期，我们相互疏解压力、相互鼓励。学习感到疲惫时，看到对方努力的模样，我们会端正自己的态度，继续坚持。互相的陪伴让一年的备考时光不再枯燥乏味，最终我们都顺利上岸。

问：在未来的学习、工作和生活中，你们将如何继续践行南山精神？

赖健美：未来，在科研中，我会继续坚持实事求是的精神；在临床工作中，我会服务好每一位患者，踏实走好每一步。如果有机会，我希望能回报母校，把我的所学所获带给更多广医学子！

颜卓宜：《人民日报》曾这样评价钟院士：“既有国士的担当，又有战士的勇猛。”而钟院士常常讲：“我不过就是一个看病的大夫。”

在抗击疫情的战斗中，钟南山院士用自己的行动诠释了医者仁心、学者大义。在未来的医学生涯中，我会践行南山精神，向钟院士学习，努力成为一名优秀的医者。

问： 对于未来的研究与职业，你们有什么展望？

赖健美： 我将前往中山大学孙逸仙纪念医院攻读妇产科学硕士研究生。我的选择深受广医附属妇女儿童医疗中心妇产科老师们的影响。刘慧姝主任在讲授妊娠期高血压这门课时的激情与热爱让我深受感动。实习期间，赖毓冕主任倾囊相授，让我深深爱上妇产科学。

未来，我会以生殖内分泌领域为研究方向，希望自己能成为一位充满爱心的医生。

颜卓宜： 实习期间，我曾帮助孩子们缓解疾病、恢复健康，这令我十分有成就感；5 年儿科专业的熏陶学习，让我最终选择前往广医附属妇女儿童医疗中心继续攻读儿科学专业硕士研究生，并希望有机会继续攻读博士研究生。

未来，我会向儿童呼吸疾病方向不断努力，成为一名优秀的儿童呼吸科医生。

（文 / 赖健美 颜卓宜 梁静汶 刘芷莹 李松安 朱睿 万梓恒 丁惜洁　图 / 受访者提供）

下一站→“麻”到成功！

为患者减轻苦痛，为生命健康保驾护航！

徐咏晴、郑彦晴，毕业于广医的省级一流专业——**麻醉学**。

徐咏晴

徐咏晴，曾获全国大学生学术英语词汇竞赛本科组二等奖、全国大学生广告艺术大赛广东省赛区一等奖，多次获南山医学奖学金、校级特等奖学金、一等奖学金、优秀三好学生等荣誉。发表中国科技核心期刊文章1篇。现推免至四川大学麻醉学专业读研。

郑彦晴

郑彦晴，曾获广州医科大学第二届麻醉知识竞赛一等奖，多次获校级一等奖学金、优秀三好学生等荣誉。现推免至中山大学附属第三医院麻醉学专业读研。

问：你们为什么选择麻醉学专业？

徐咏晴：麻醉学是属于我的“浪漫”。

我很喜欢以操作为主的临床实践工作。麻醉学正是一门实践性强的学科，给予我们自主制订、执行治疗计划的机会。

本科阶段，我学习了气道管理、循环通道、临床监测、疼痛管理及区域麻醉等大量麻醉医生的日常操作。然而，一名合格的临床医生需要很高的技术水平，因此，研究生阶段我将继续在麻醉学专业深入学习。

选择医学可能是偶然，但你一旦选择了，就必须用一生的忠诚和热情去对待它。

徐咏晴（前排左一）和小伙伴们在临床技能大赛前夕合影

郑彦晴：我对生物化学类学科感兴趣，因此选择了医学类专业。麻醉学专业性强，可以在术中为患者的生命保驾护航，也能为我提供较好的前景与工作环境。最终我选择了麻醉学专业。

问：你在本科期间有哪些科研项目？

徐咏晴：大二期间，我得知我校广州呼吸健康研究院孙宝清教授的课题组招募组员，便报名参与笔试和面试，最终顺利加入了课题组。

在课题组罗嘉莹老师的带领下，我参与了呼吸疾病全国重点实验室的开放课题“改善呼吸系统功能的刺梨的活性成分分析”和广州市科学技术局的课题“基于调控嗜酸性粒细胞凋亡探讨散风通窍滴丸治疗变应性鼻炎的机制”。上述科研项目中，我以主要学生负责人的身份参与了论文撰写、数据处理和细胞实验。

科研过程中常常会事与愿违：实验出现不理想的结果，论文内容不断被质疑。但通过不断的反思与总结，我学到了珍贵的知识和技能，对血清的代谢前处理与代谢组学的可视化分析有了更深入的理解。学习过程中，我逐渐明白质疑是为了让研究更严谨，这提醒我在以后的科研中要注重反复打磨，争取未来的研究更加顺利。

徐咏晴（右二）参加学校的 2023 年临床教学病例讨论竞赛

问：你在本科期间发表了什么文章？

徐咏晴：我以第二作者身份在《中华生物医学工程杂志》发表文章《基于网络药理学及分子对接探讨散风通窍滴丸治疗鼻咽癌的分子机制》。研究通过筛选出散风通窍滴丸各活性成分可能存在的靶点，运用各种软件和数据库进行网络可视化和分子对接，结果提示 PTGS2 和 NCOA2 可能为治疗鼻咽癌的靶点。

问：你有什么专业实习的经历？

郑彦晴：我曾在广州医科大学附属第一医院实习，基本掌握了气管插管、深穿、桡动脉穿刺、腰硬联合麻醉、胃肠镜和纤支镜使用等操作，以及术中麻醉维持的管理。

实习初期，我对一些操作不太熟练，带教老师给我机会让我多尝试，安排我进入胸科手术室并耐心向我讲解，让我学会了基本的胸科麻醉管理方法。

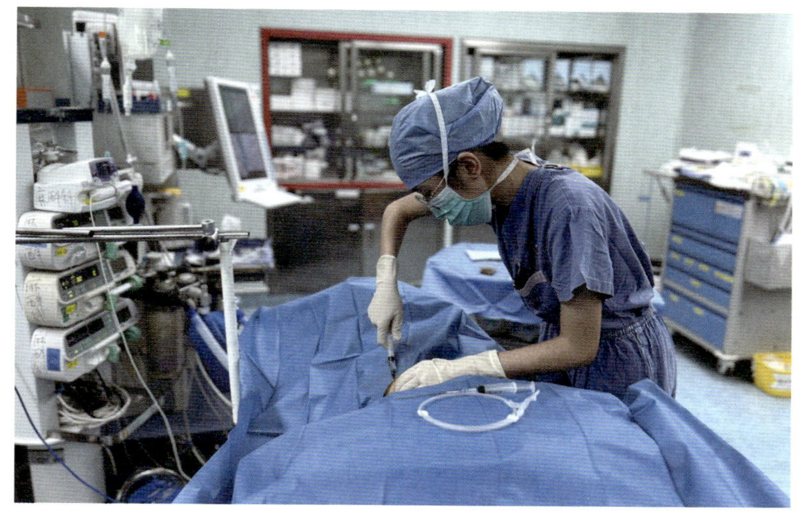

郑彦晴在麻醉科实习时进行深静脉穿刺

问：境外的交流经历为你带来怎样的收获？

郑彦晴：我先后参加了新加坡国立大学线上交流项目和牛津大学医学线上交流项目，并获得以下两方面的收获：一方面，我的英语能力得到锻炼，全英文授课极大地提升了我的英语听力与阅读能力。另一方面，我体验了国际学校的教学模式。教授与学生之间的互动更多，课程中也有大量的小组讨论，这对提高我的自学能力帮助很大。结业前，需要进行全英文的小组汇报，要求我们和全国不同学校的同学一起合作完成，这不仅提高了我的文献阅读能力，也让我学到如何更好地交流与合作。

问：你们在本科期间参与了学生社团工作、比赛和研究等，你们认为这几个方面是如何相互促进的？

徐咏晴：个人综合素质的提升对于这几个方面而言都是有所裨益的。

大学生须以学习为主，同时培养科研能力。本科阶段，科研成果不是最重要的，更为重要的是掌握研究问题的思路、了解科研的过程。在科研中学到的知识，可以拓宽视野。各种比赛和课题研究，能让我们有机会学习到书本上没有的知识。

此外，兴趣爱好能为生活增添一些乐趣，在繁忙课业中有效调节自我、保持身心健康。我比较喜欢画画、做手工等，让灵魂先自由，才能用好的状态面对困难。我们也可以通过志愿活动接触社会，体验民生百态，不被“象牙塔”所困，锻炼与人相处的能力，同时服务社会。

郑彦晴：一个优秀的人需要全面发展。学习是学生的本职工作，应当摆在首位，而找到适合自己的学习方法十分重要，这能提高学习效率，并让我们有更多的时间参与其他活动。

此外，积极参加科研项目和比赛也很重要，我们可以通过实践，更好地运用已有的知识和技能提高自己。我曾担任班长和院学生会文娱部副部长，这些经历为我提供了更多的锻炼机会，让我更好地展现自己，逐渐变得自信与从容。研究生推免面试时，这些经历让我在面试过程中更加大方自信，从而赢得了导师的青睐。

问：在广医学习的时光，你们遇到了什么样的良师益友？

徐咏晴：在广医，我遇到了罗嘉莹老师。感谢她给我很好的实验平台，让我有机会上手完成细胞代谢以及小鼠、原代肺癌细胞等实验。感谢她对我不厌其烦的教导，在论文写作时，罗老师总是耐心指出我文章思路上的不足之处。

我很幸运遇到了很好的舍友。曾韶婷像一束光，驱散我的焦虑迷茫；黄妙婷是温暖敦厚的小班长，和我们分享麻醉的操作秘诀；郑嘉怡是可靠细心的宿舍长，在生活上为我们提供帮助。

郑彦晴：感谢陪伴了我 5 年的室友陈珂珂、黄紫柔、何嘉慧。我们一起聊天，互相帮助，也会分享学习经验，共同进步。

同时，十分感谢帮助过我的老师和师兄师姐们，他们为我提供了很多有用的信息和经验，给予我许多鼓励。

问：在未来的学习、科研、工作和生活中，你们将如何继续践行南山精神？

徐咏晴：南山精神是一种强大的精神力量。在南山精神的滋养下，大批拥有家国情怀、精湛技术的人才从广医走出去，成为我们医学生的榜样与标杆。

在未来的工作中，南山精神将一直鼓舞我直面新机遇和新挑战。我会向德术兼修、医文相融的卓越医生看齐，不断精进专业技能，提升科研水平。

郑彦晴：首先，作为一名医学生，不仅要为自己身边的人予以健康的呵护，更要具备家国情怀，心系人民。

其次，我们不仅要有医学生的素养，更要有临床科学家的追求；不仅要在治病救人上勇于担当，也要在科学研究上有所奉献。

同时，我们不应该局限于当前，应该不断向前探索，怀揣更高更远的追求和抱负。

问：对于未来的研究与职业，你们有什么展望?

徐咏晴：麻醉医师需要广泛的知识储备和综合技能，有沉着应对危急情况的能力。在日后的学习中，希望我能逐渐完成由麻醉医学生到麻醉医生的转变。

“易学难精”也是麻醉学的特点，未来，愿我能以饱满的热情和精力面对临床工作，成为一名好医生。

郑彦晴：经历了本科阶段的学习，我对麻醉学专业的热爱依旧，我决定在这条路上继续深造。

未来，希望自己在科研方面做出一些成绩，继续攻读麻醉学的博士学位，并成为一个有能力、有责任心的麻醉医生。

（文／徐咏晴 郑彦晴 何佳潞 黎靖虹 刘雨昕 吴桐 丁惜洁 图／受访者提供）

健康关“口”，从“齿”开始！

小口腔，大学问。探微齿间奥秘，我们“医”路同行！

范羽菲、蔡辰、郭辰淼、许美怡毕业于广医的国家级一流专业——**口腔医学**。

范羽菲

范羽菲，曾获2023“外教社·词达人杯”全国大学生英语词汇能力大赛广东赛区二等奖、2023第二届“南方杯”口腔医学生数字化临床技能展示活动“卓越之星团队”、2022“亚洲精英舞蹈大赛”广州赛区芭蕾舞独舞高级组银奖，以及南山奖学金、校级特等奖学金、一等奖学金等荣誉。现推免至四川大学口腔医学专业读研。

蔡　辰

蔡辰，曾获“光华杯”口腔医学本科生基础·临床创新研究邀请赛临床研究组一等奖。主持国家级大创项目 1 项，以第二负责人的身份参与国家级大创项目 1 项，发表论文 5 篇（其中以第一 / 共同第一作者的身份发表 SCI 论文 3 篇）。现推免至广州医科大学口腔医学专业读研。

郭辰淼

郭辰淼，曾获第七届中国国际“互联网+”大学生创新创业大赛广东省分赛高教主赛道决赛铜奖，多次获校级优秀三好学生、优秀学生干部等荣誉。发表论文2篇，拥有实用新型专利1项。现考研至山东大学口腔医学专业。

许美怡

许美怡，曾担任院学生会副主席，获第六届、第七届中国国际“互联网+”大学生创新创业大赛省级铜奖，第十届“赢在广州”暨粤港澳大湾区大学生创业大赛项目创新奖，以及校级特等奖学金、一等奖学金、优秀三好学生、优秀学生干部等荣誉。现推免至广州医科大学口腔医学专业读研。

问：你们为什么选择口腔医学专业？

范羽菲：初中时，我便萌生成了为一名医生的念头。高考填报志愿时，我结合了自身实际情况进行考虑，如我有良好的动手能力、逻辑思维能力、服务意识等，这些都是一名医生应当具备的素养。

但真正进入这个专业后，我发现想要成为一名优秀的医生，光有以上素养远远不够，还需要不断地学习、实践，付出时间打磨自己。

本科求学路上，我曾有过动摇，对自己产生怀疑，但最后还是咬牙坚持了下来。当付出最终得到收获时，信念也变得更加坚定。

蔡辰：口腔医学作为医学的一个重要分支，具有其独特的学科魅力和社会价值。它不仅关注牙齿和口腔的生理结构，更涉及口腔疾病的预防、诊断和治疗。随着人们生活水平的提高，口腔健康问题越来越受到重视。

学习口腔医学，意味着我将有机会为人们的口腔健康提供专业服务，帮助患者解决口腔问题、提高生活质量。

郭辰淼：我从小便对医学专业，尤其是口腔医学感兴趣。随着人们对口腔健康意识的提高，社会对口腔医生的需求量也有所增加，口腔医学专业技能实用性强，可以切实解决患者的问题，因此我选择了口腔医学专业。

许美怡：现实社会和影视作品中常见无牙颌患者的艰辛和不易，这让我萌发了治病救人的心愿，同时激发了我对医学的兴趣和热情。

此外，从小到大，我的专注力和动手能力较强，我希望在口腔医学这个要求高精度、高专注度的专业发挥所长，并期待有所成就。

问：你们在本科期间有哪些科研经历？

蔡辰：我曾主持国家级大创项目“光子引发的光声流效（PIPS）活化次氯酸钠过程中空穴效应及流体运动模式的研究”。团队通过体外实验探究了一种基于铒激光的采用 PIP（光子引发的光声流效应）技术的新型根管冲洗装置的作用效果。研究发现次氯酸钠冲洗液的浓度对 PIPS 激活过程中根管系统内的空穴效应和流体运动有显著影响，中低浓度的次氯酸钠配合 PIPS 冲洗可以取得更好的流体动力学效果，这为临床选择安全高效的冲洗策略提供了参考。

我在该研究中以第一作者的身份发表了两篇 SCI 论文：

我在 *Lasers in Medical Science* 发表文章 *Influence of Sodium Hypochlorite Concentration on Cavitation Effect and Fluid Dynamics Induced by Photon-Induced Photoacoustic Streaming (PIPS): A Visualization Study*。该研究聚焦牙髓治疗中次氯酸钠冲洗液浓度的争议，为临床医师选择更合适的冲洗浓度、达到更高效且更安全的根管冲洗效果提供参考。

我在 *Biomed Research International* 发表综述 *Advances in the Role of Sodium Hypochlorite Irrigant in Chemical Preparation of Root Canal Treatment*。通过文献整理，我们提出未来研究应该关注次氯酸钠对根尖 1/3 处的生物膜清理效果，需要更多高级别的临床随机对照试验数据来证实次氯酸钠浓度对其临床作用效果的影响。

此外，我曾以第二负责人身份，参与国家级大创项目“壳聚糖及其衍生物影响 Er：YAG 激光处理后牙本质粘接的效果及机制研究”，并以共同第一作者的身份在 *BMC Oral Health* 发表

了文章 *Effect of Chitosan and CMCS on Dentin after Er: YAG Laser Irradiation: Shear Bond Strength and Surface Morphology Analysis*。

龋病，也就是我们所说的“蛀牙”“烂牙”。目前，治疗龋病的主要方式是磨除龋坏组织，并使用树脂材料恢复牙齿的外形和功能。传统球钻去龋的替代治疗方式通常使用激光，有效减轻患者在去除龋坏牙体硬组织时的不适，且去龋精度较高。然而，研究显示激光处理会对后续的粘接效果产生负面影响。

经过实验，我们发现在使用激光去除龋坏组织后，应用壳聚糖和羧甲基壳聚糖这一新型生物材料，可以有效提升后续树脂粘接修复的强度及耐久性。这一发现有助于激光去龋技术的临床推广和应用。

郭辰淼：我曾主持省级大创项目“数字化分牙导板的研制及辅助拔除多根牙的应用研究”，并在 *Journal of Stomatology Oral and Maxillofacial Surgery* 发表文章 *Research on a Novel Digital Tooth Sectioning Guide System for Tooth Sectioning during Mandibular Third Molar Extraction: An in Vitro Study*，还以第四作者的身份发表 1 项实用新型专利“自体牙移植手术牙齿就位与粘接一体化导板”。项目立足于牙槽外科中下颌第三磨牙拔除时常用的分牙、分根方法，采用术前影像学联合数字化技术，设计用于分牙时定点、定深的个性化导板。

我主要参与了项目前期的立项及中期实验。我从中学习了数字化软件 Mimics、3-matic 以及设计软件 Rhino 的使用，学会了自行扫描、测量及设计各种零件。由此，我得到启发：随着医疗领域的数字化趋势不断加快，我们应抓住机遇，推进口腔医学的数字化发展。

我以第二作者的身份在《口腔疾病防治》上发表了《干燥综合征与牙周炎的因果关系：一项孟德尔随机化研究》。研究利用孟德尔随机化的方法，从配子遗传层面排除混杂因素，探索牙周炎与干燥综合征的双向因果关系。我主要参与了数据搜集与整理、文章撰写以及返修等工作。项目中，我学习并熟知了孟德尔随机化的研究方法和 R 语言等技能。

问：你的项目涉及医工交叉、学科融合的部分，对此，你做了哪些工作？

蔡辰：我的国家级大创项目“光子引发的光声流效应（PIPS）活化次氯酸钠过程中空穴效应及流体运动模式的研究”是我在本科阶段负责的第一个科研项目，其中最大的挑战是医工交叉、学科融合的部分，这需要进行流体动力学指标的收集与分析，这对于我来说是一个完全陌生的领域。我通过请教工科专业同学，自学相关教材厘清了基本概念，并和工程师一道探索出贴合临床实际的数据分析方法，顺利完成了数据分析并发表论文。

通过这段经历，我收获了快速学习陌生领域知识的经验，这也为我后续的研究打下了基础。

问：你们有哪些学术竞赛的经历？

范羽菲：我曾获 2023 第十八次口腔医学教育学术年会——本科生临床操作技能展示四等奖。该比赛由中华口腔医学会口腔医学教育专业委员会举办，主要考查本科生的口腔临床技能。这次临床展示考查包括 10 项内容，初赛的项目有心肺复苏、缝合、左上中切牙全冠预备、龈上洁治术以及后牙二类洞的预备等。这些都是口腔医学中最基础的临床操作技能。

虽无缘决赛，但这次比赛的经历让我收获良多。

首先，我的临床操作技能得到了提升。学院高度重视这次比赛，我们经过选拔，组成了 5 人参赛小组，学院邀请了医院相应的老师为我们进行了为时一个月的“特训”，让我们对各个项目的细节和得分点都有了更清晰的把握。其次，我的心理素质不断加强。这是我在比赛中最大的收获。最后，我还收获了浓浓友谊和师生情。

蔡辰：我曾参加“光华杯”口腔医学本科生基础·临床创新研究邀请赛，参赛项目“光子引发的光声流效应（PIPS）活化次氯酸钠对根管中粪肠球菌生物膜的清理作用”最终获得临床研究组的最高奖项。

“光华杯”不仅是一场竞赛，更是一个交流的平台，让我有机会和来自国内不同院校的口腔医学本科同学交流分享科研成果和经验，使我获益颇丰。

郭辰淼：我曾获第七届中国国际“互联网 +”大学生创新创业大赛广东省分赛高教主赛道决赛铜奖，参赛项目为“华云智骨——未来个性化骨修复领航者”。

目前，存在许多因先天畸形、外伤、肿瘤等原因导致颌面部骨缺损的患者，我们的项目不仅可以为患者定制个性化的骨缺损修复产品，还可以“云储存”患者的信息，方便患者就医。

我在项目中负责产品介绍部分，以“云平台”的概念将项目与“互联网 +”相结合。项目期间，我同指导老师和师兄作为主要负责人开了很多次会，并对产品介绍部分做了较大改动。

我作为新人，面临着对项目不熟悉、归纳总结能力不足、任务节点紧凑等挑战。但也正是通过此次比赛的历练，我的表达能力、资料收集和整理能力以及抗压能力都得到了很大的提升。

问：你有什么临床学习实践经历？

郭辰淼：广医三院的实习让我对临床有了初步接触，我的主要工作是学习临床基本技能，如换药、做心电图检查、写病历等。

一年的实习经历对我来说尤为重要，临床现实情况往往比模拟练习复杂很多。例如刚开始实习时，我不知道应该如何和患者沟通，同时存在操作不熟练导致速度慢、效率低等问题。

通过临床学习和带教老师的每日总结，我掌握了很多与患者沟通的技巧，尤其是如何将专业性的问题变得浅显易懂；同时学会了如何与患者建立彼此信任的关系。此外，我利用空闲时间练习操作，提升了操作效率。

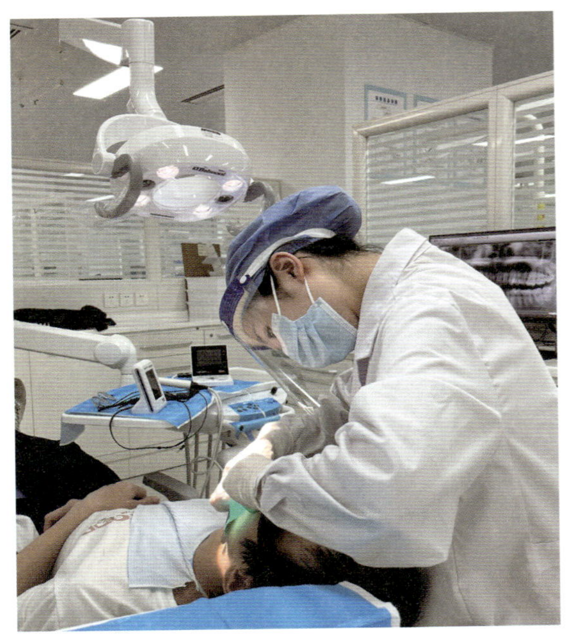

郭辰淼在科室为患者做治疗

问：你们在本科期间参与了学生社团工作、比赛、研究等，你们认为这几个方面是如何相互促进的？

蔡辰：竞赛、科研和学生工作中锻炼的能力和综合素质是互通的。

例如，协调统筹校红十字会5个部门共80多位同学完成献血、青春健康教育等工作是一项很大的挑战，需要随时应对场地、人员等方面的突发情况。我在红会的工作中锻炼的能力同样可以应用于规划科研项目，让我在实验过程中遇到问题时做到随机应变。

参加“挑战杯”“光华杯”等学科竞赛的过程是对自己科研

成果的梳理和总结，这对我开展更进一步的科研探索大有裨益。

郭辰淼： 在学生工作中，大到活动策划，小到流程设置、人员配备、物资采买，都需要很好的统筹能力和协调能力。

在各项比赛中，无论是任务分配还是交流合作，都要对每项任务有清楚的认知，同时还要与队友有效沟通、相互信任。

科研更是如此，我们不仅需要对整体有所把控，还要对各种细节了如指掌。

在三方面获得的经验是互通的，在其中一方的收获也适用于其他方面。

郭辰淼（左二）担当儿童口腔体验馆志愿者

许美怡： 参与学生工作、社团、比赛等是相互促进的关系，给我带来正向的影响。

大学以前，老师对我的评价都是“不爱举手、害羞”，但是经过各类学生组织以及比赛的捶打和磨炼，在大四的思想政治课堂上，我能够轻松地举起手，自如地发表自己的看法，回答老师的问题。

如果没有经历过一次又一次的锻炼，勇敢挑战自己未知的领域，我不会得到如今“开朗大方、健谈友善”的评价。

问：你曾获得2022“亚洲精英舞蹈大赛”广州赛区芭蕾舞独舞高级组银奖，你认为芭蕾舞给你的学习生活带来了什么影响？

范羽菲：我从小学开始芭蕾舞的学习，并且将这个兴趣延续至今。人总是需要一些美好来对抗人生的无聊和漫长，于我而言，芭蕾舞就是这样的一份美好。

每当提起学习芭蕾舞的经历，总有人不理解，认为学芭蕾舞很难很辛苦。但是，人总会自觉地去做自己想做的事情，这都是源自于热爱。

芭蕾舞让我形成了良好的体态，培养了我的艺术兴趣……更重要的是，芭蕾舞成了一种习惯，让我更好地享受并热爱生活，也启蒙了我对于“热爱”本身的感受。这样的热爱也被我应用于对专业知识的学习中。

范羽菲参加 2022 年度 AEDC 亚洲精英舞蹈大赛

问：在广医学习的时光，你们遇到了什么样的良师益友？

范羽菲：医路漫漫，感恩所遇皆良。在此，我想对所有的任课老师、临床带教老师表示由衷的致意和感谢，感谢你们的言传身教，感谢你们的谆谆教诲，感谢你们的辛勤付出。

本科求学阶段，令我印象最深刻的是口腔医学影像教研室的王朝俭主任。他有着极高的医学专业素养，授课时会把每个知识点讲解到位，并分享自己独到的看法和见解。

王老师和蔼可亲，但对学生有较高的要求和标准：在某次课堂的提问中，王老师对我们的回答不甚满意，几乎让所有同学回答了问题，并提出课后及时复习的要求。我顺利推免后，他仍十分关心我的去向并给予我祝福和期望。

蔡辰：十分感谢我的导师江千舟教授。从文献阅读、综述整理到实验设计、项目申报，江老师手把手培养了我的基本科研方法论，给我提供了开展研究需要的平台和资源。

江老师治学严谨的工作作风也让我学到了很多。大三时，我们需要在次日一早提交一个省级项目的申报材料，江老师与我连夜修改标书，一直到凌晨才休息。

在指导具体科研工作的同时，江老师也时常告诫我，作为医学生和未来的医生，在进行科学研究时，要秉持“从临床中来，到临床中去”的原则，不能忘记服务病患的初心。

郭辰淼：非常感谢在各个方面推动我进步与成长的老师和同学。

于丽娜老师作为我本科阶段的第一位临床带教老师，带领我了解并熟悉口腔临床的工作；周丽斌老师作为我本科阶段的科研导师，对我的科研工作进行启蒙和指导；余挺老师为我提供新的科研思路，并给予我耐心的指导与帮助；曾骏师兄、李泳祺师姐在我学习数字化软件、设计与改进科研实验时，提供帮助和指导；谢培莉同学与我一同经历许多次失败与重来，是我在科研道路上最好的合作伙伴。

许美怡：我十分感谢我身边的朋友。在一个平凡的早上，早晨六点出头，我和范羽菲同学在洗手间洗漱时浅浅打了个照面，我发现她也有坚持早起的习惯。

在第二届“南方杯”口腔医学生数字化临床技能展示活动中，我们成为队友，一同代表学院出赛，队伍在二十几所医学院校中获得了“卓越之星团队”（前两名）的称号。

在本科阶段坚持自我并保持行动，与身边的友人相互促进、共同前行，是一件很难得也很珍贵的事情。

许美怡（右三）、范羽菲（右二）获评第二届“南方杯”口腔医学生数字化临床技能展示活动“卓越之星团队”

许美怡（左）、范羽菲（右）参加第二届“南方杯”口腔医学生数字化临床技能展示活动留影

问： 在未来的学习、科研、工作和生活中，你们将如何继续践行南山精神？

范羽菲： 南山精神激励我们开拓创新、甘于奉献。希望我一如既往，孜孜不倦，以严谨的专业态度面对患者，以创新钻研的精神面对科学，以乐观开放的心态面对生活。

蔡辰： 南山精神既体现了广医人对国家和人民的深厚情感与责任担当，也彰显了广医人在医学研究和实践中追求真理、不断创新的科学态度，激励广医人在个人成长和发展中积极进取、追求卓越。

在未来的学习、工作和生活中，我将努力践行南山精神。

首先，我会将家国情怀内化于心、外化于行，时刻关注国家和人民的健康需求，积极参与社会公益活动，用自己的专业知识和技能为社会做出贡献。

其次，我会保持实事求是的科学精神，不断学习和掌握新知识、新技术，以严谨的态度和科学的方法开展研究和实践工作，不断提高自己的专业素养和综合能力。

最后，我会以追求卓越的人生态度为指引，不断挑战自我、超越自我，努力在医学领域取得更好的成绩和更高的成就。

郭辰淼： 南山精神体现了为国家、为人民勇于担当的态度，强调了在科研、临床中实事求是、认真严谨的原则，展现了医学工作者孜孜不倦、追求卓越的人生方向。

医生的身份是多样的：面对患者，我将秉持医学工作者的深切关爱与认真态度；面对科研工作，我将会认真严谨、脚踏实地、实事求是。

许美怡： 对于广医人来说，在临床工作、学习科研和日常生活中，南山精神应该贯穿始终。作为一名中共党员，我将会怀揣奉献精神，在专业领域不断开拓、深耕钻研，在临床工作辛勤付出，为患者解除病痛，通过广泛的交流和学习，将理论知识和实践应用相结合，逐步提升自身专业水平，为人民健康服务。

问：对于未来的研究与职业，你们有什么展望？

范羽菲：我的研究生专业方向是口腔医学牙体牙髓病学。牙体牙髓病主要包括龋病、牙髓根尖周病及牙体硬组织非龋性疾病等，是人类最常见的口腔疾病。通过规范、有效的治疗，为患者解除病痛、恢复牙体健康，是一件十分有意义的事。

未来，我将以严谨科学的态度面对科研，以认真负责的态度面对患者。硕士毕业后，我希望继续读博深造，为成为一名优秀的口腔医生不断努力。

蔡辰：未来，我计划在广州医科大学口腔医学专业（牙体牙髓病学方向）继续深造，进一步精进临床和科研技能，努力成为一名学者型医生。

郭辰淼：本科阶段的学习经历让我认识到，口腔颌面外科的工作不仅能解除患者的病痛，更能实现患者的愿望：牙列缺损的患者希望重获美观的牙列、恢复咀嚼功能，唇腭裂患者希望获得正常的样貌，癌肿患者希望继续生存下去……帮助他们得到疗愈，是我想要并且有决心、有信心完成的使命。

未来，我希望成为一名口腔颌面外科医生，在颞下颌关节病或正颌手术等领域深入探索。同时，我要做一名严谨的科研工作者，推动口腔颌面外科数字化方向的研究进展。我还想当一名老师，将专业知识和我的学习经验传授给学生。

许美怡：未来，我计划在广州医科大学口腔医学专业（口腔修复学方向）继续深造，进一步研究舍格伦综合征相关课题，并成为一名优秀的口腔医生。

（文 / 范羽菲 蔡辰 郭辰森 许美怡 彭攸源 李颖丽 梁静汶 丁惜洁　图 / 受访者提供）

40人读研，升学100%！南山班，就是强！

向下扎根，向上生长，助力健康未来，守护生命希望。

2019级南山班毕业合照

2019级南山班毕业生共有40人，36人获得推荐免试攻读研究生资格，4人成功考取研究生。其中，31人被“双一流”建设高校录取，包括广州医科大学、北京协和医学院、上海交通大学、北京大学、复旦大学、浙江大学、中山大学、首都医科大学、四川大学、华中科技大学、南方科技大学等高校；6人直接攻读博士学位。

全班40人全部参与科研项目，主持6项国家级、6项省级、5项校级大创项目。参与论文发表42人次，以第一作者或共同第一作者发表论文 27 篇，其中 SCI 论文 22 篇。

参与国家级、省级各类学科竞赛获奖 12 人次，在第七届、第八届中国国际“互联网 +”大学生创新创业大赛中，分别获国赛银奖、铜奖；在第十七届“挑战杯”广东大学生课外学术科技作品竞赛中，获特等奖；在 2021“外研社 · 国才杯”全国英语写作大赛中，获国赛特等奖。

累计获得国家级奖学金 5 人次、校级奖学金 90 人次，1 人荣获 2022 年度“中国大学生自强之星”称号；累计献血 10 200mL，累计志愿时达 4 390 小时……

其中，张予卓、尤芷萱、涂恒嘉、米日拜班古丽 · 托合提是学校临床医学专业南山班 2024 届本科毕业生中的优秀学生代表。

张予卓

张予卓，曾获第十七届广州医科大学“挑战杯”大学生课外学术科技作品竞赛特等奖、南山医学奖学金、广州医科大学模范标兵、校大学生科技学术节“先进个人”等荣誉。发表 SCI 论文 11 篇（其中 5 篇为第一/共同第一作者）、北大核心期刊论文 1 篇。作为第一发明人拥有国家发明专利 3 项，主持国家级大创项目、参与广东省“攀登计划”科技创新培育计划重点项目各 1 项。现推免至北京协和医学院肿瘤学专业攻读学术型硕士学位。

尤芷萱

尤芷萱，曾获第八届中国国际“互联网+”大学生创新创业大赛广东省金奖及全国铜奖、第十七届“挑战杯”大学生课外学术科技作品竞赛广东省特等奖及全国三等奖、第十八届广东省青少年科技创新大赛二等奖，以及南山医学奖学金、王老吉创新英才奖学金、校级特等奖学金、优秀共青团员、优秀三好学生等荣誉。以第一作者/共同第一作者的身份发表 SCI 论文 5 篇，拥有发明专利 4 项，主持国家级、省级大创项目各 1 项。现推免至北京协和医学院肿瘤学专业直接攻读博士学位。

涂恒嘉

涂恒嘉，曾获第八届中国国际“互联网 +”大学生创新创业大赛广东省银奖、第十七届“挑战杯”广东大学生课外学术科技作品竞赛铜奖、2022 年度泛珠三角 + 计算机作品赛全国三等奖，以及校级一等奖学金、优秀三好学生、优秀共青团员等荣誉。担任 SCI 杂志审稿人，发表 SCI 论文 9 篇（其中 7 篇为第一作者）。获批计算机软件著作 2 项，作为核心成员参与课题 5 项（其中 1 项为呼吸疾病全国重点实验室课题）。现推免至北京协和医学院肿瘤学专业直接攻读博士学位。

米日拜班古丽 · 托合提

米日拜班古丽 · 托合提，曾获“外研社 · 国才杯”英语写作大赛校赛一等奖，以及校级二等奖学金、优秀志愿者等荣誉。现考研至首都医科大学外科学专业，攻读专业型硕士学位。

问：你们为什么选择临床医学专业？

张予卓：我对探索未知感兴趣，临床医学不仅能够知其然，更能够知其所以然，因此我选择了临床医学专业。

尤芷萱：“人啊，认识你自己！”这句刻在德尔菲的阿波罗神殿上的古老箴言，不仅是苏格拉底哲学思想的核心命题之一，也是我选择临床医学专业的灵感之源。

探索人的奥秘，对我来说，一直是一件令人着迷的事。兴趣是最好的导师，在临床医学领域，我能在实际行动中探索人的奥秘。

在病床边，我能作为守护者，以医术为盾，治病救人；在讲台上，我能作为传道者，以科学为据，传授医学的真知；在实验室，我能作为探索者，以好奇心为翼，探索医学的未知。每一个足印，都是对自我的深刻认识；每一次治疗，都是对生命的深刻致敬。

涂恒嘉：临床医学不仅是一门科学，更是一种艺术。它融合了深厚的医学理论知识和丰富的实践技能，致力于解决人类面临的各种健康问题，提高人们的生活质量。

选择临床医学专业，意味着选择了一条帮助他人、服务社会的道路。医生是一份专业性极高的职业，它需要强烈的责任心和同情心，以及卓越的沟通和团队合作能力。在治疗疾病、缓解痛苦的过程中，医生不仅能给予患者医疗方面的帮助，还能提供心理支持，与患者和家属建立深厚的信任和联系。

涂恒嘉（右）在南山班开班仪式上与钟南山院士合影

米日拜班古丽·托合提：选择临床医学专业，最初是因为我想要守护家人的健康。我妈妈身体不太好，我希望学习专业知识、掌握实践技能，为妈妈消除病痛。同时，我也期待在医学领域不断探索，为提升人民生命健康水平贡献自己的力量。

问：你们在本科期间有哪些科研项目？

尤芷萱：我曾负责 1 项国家级大创项目、1 项省级大创项目。

在国家级大创项目中，我们通过细胞学实验、动物模型构建、基因分析等方法，从体内和体外多角度，深入探索新发现细菌的拮抗肺炎感染作用，提出了“以菌抗菌”的理念，探索了有益细菌对人体产生免疫效应的深层机制。

尤芷萱在第十七届“挑战杯”广东大学生课外学术科技作品竞赛决赛路演现场

涂恒嘉：我曾主持呼吸疾病全国重点实验室课题“哮喘进展为嗜酸性肉芽肿性多血管炎的机制研究”，参与国家级大创项目“一株拮抗肺炎克雷伯氏菌的细菌 Psychrobacter sp. YZ 33 及其应用”以及省级大创项目“基于生理信号的焦虑情感识别研究”“滋阴清热药线粒体途径抗氧化调控对狼疮鼠器官损害的影响”。

米日拜班古丽·托合提：我曾参与校级大创项目“基于蛋白组学探索嗜酸性肉芽肿性多血管炎与嗜酸性粒细胞型哮喘早期鉴别诊断标记物及其机制研究”。团队通过蛋白组学定量分析探索 EGPA（嗜酸性肉芽肿性多血管炎）诊断标志物，研究标志物参与 EGPA 发病的分子机制，从而寻找治疗靶点。

问：你们在本科期间发表了哪些文章？

张予卓：我在 *Frontiers in Immunology* 发表文章 *Cancer Risks in Rheumatoid Arthritis Patients who Received Immunosuppressive Therapies: Will Immunosuppressants Work?* 文章分析了患有 RA（类风湿关节炎）这一基础疾病的患者在使用免疫抑制剂后，其癌症风险如何变化，以及该变化是否同药物的使用相关。

基于上述研究，我们进一步开展了 RA 同 HCC（原发性肝癌）是否有因果关系的研究，通过孟德尔随机化分析，我们得出 RA 是 HCC 的保护因素，研究结果 *The Genetic Liability to Rheumatoid Arthritis May Decrease Hepatocellular Carcinoma Risk in East Asian Population: A Mendelian Randomization Study* 发表于 *Arthritis Research & Therapy*。

张予卓参加学术会议

涂恒嘉：我以第一作者的身份在 *Genes* 发表文章 *Cuproptosis-Related lncRNA Gene Signature Establishes a Prognostic Model of Gastric Adenocarcinoma and Evaluate the Effect of Antineoplastic Drugs*。文章构建了六个铜死亡相关的长链非编码 RNA 组成的胃癌预后模型，为胃癌分型和精准治疗提供参考。

我还以第一作者身份在 *Journal of Critical Care* 发表文章 *Some Concerns about the Systematic Review of Diagnostic and Prognostic Prediction Models in Ventilator-Associated Pneumonia*。文章对呼吸机相关性肺炎的诊断模型的系统综述进行了评价。

我以共同第一作者的身份在 *Frontiers in Immunology* 发表文章 *Cancer Risks in Rheumatoid Arthritis Patients who Received*

Immunosuppressive Therapies: Will Immunosuppressants Work? 文章评估了 RA 患者接受免疫治疗的癌症风险，为 RA 治疗提供循证医学证据。

我还参与了两篇文章的写作，分别是发表于 *Cancers* 的文章 *Assessing the Optimal Regimen: A Systematic Review and Network Meta-Analysis of the Efficacy and Safety of Long-Acting Granulocyte Colony-Stimulating Factors in Patients with Breast Cancer* 和发表于 *BMC medicine* 的文章 *Accuracy of Minimal Residual Disease Detection by Circulating Tumor DNA Profiling in Lung Cancer: A Meta-analysis*。前者对使用 LA-G-CSFs（长链脂肪酸粒细胞集落刺激因子）治疗乳腺癌的效果和安全性进行了系统评价，后者探究了使用循环肿瘤 DNA 判断微小残留病变在肺癌中的诊断效果。

问：你能谈谈参与 SCI 期刊审稿的经历吗？

涂恒嘉：2022 年的秋天，我在发表了一篇文章后，收到了某 SCI 杂志的审稿邀请。

审稿工作对我来说既紧张又激动。一方面，我可以了解学术界的最新进展和研究成果，并在与作者的沟通中，学到撰写论文的逻辑和方法；另一方面，我深知审稿是一份严肃的工作，审稿人对论文价值的评估承担着责任。

在审稿工作中积累的经验推动我不断进步，提升了我的批判性思维和学术审查能力。同时，我更加深入地理解了学术研究评价体系，对 SCI 杂志的发表标准和审稿流程有了多视角的认识。

问：你能介绍一下你的国家发明专利吗？

张子卓：我的第一个发明专利是多功能拔罐器。原理很简单，就是将老师们不断强调的无菌意识融入传统的中医理疗器械。

在临床工作中，往往就是这种细小的区别让治疗的结局天差地别。因此，善于发现问题并思考如何解决问题是很重要的。

问：你们在科研路上有什么收获和启发？

张子卓：在实验室中，我负责过细胞培养、真菌接种、ELISA、Weatern Blot、PCR、IHC（免疫组织化学）等工作。

做实验失败是常事，我对刚开始做 ELISA 时的经历记忆犹新。当时，我连着 4 天做了 6 次 ELISA，但结果都不理想，因为不断拍板排水，手肿得像馒头。但科学研究容错率为零，需要我们不断打磨实验技能，我总结反思失败教训，最后终于成功了。

科研就像盖大厦，最重要的是打地基，只有全身心投入，夯实科研思维和实验技能，才能支撑起高水平研究这座华丽的宫殿。

尤芷萱：在科研中，我考取了 CDA 大数据分析师一级证书，熟练掌握了 R 语言，以及 jamovi 等数据分析软件。同时，我向师姐学习了使用 GraphPad Prism 绘图的技术。

尤芷萱在做细胞学实验

米日拜班古丽·托合提：参加科研项目的过程，不仅提升了我的专业能力与科研水平，也锻炼了我的沟通与协作能力。我从团队成员的身上学到了很多。在共同合作、朝着一个目标共同努力的过程中，我们一步一步完成标书撰写、项目设计、数据整理分析，最后取得一定成果。对此，我感到非常快乐。

在项目中，我主要负责文献的检索、整理与阅读分析。参与过程中，在知识技能的学习和学习心态的调整两方面，我都受益匪浅。

刚接触科研时，我对查阅文献和理解实验思路倍感吃力。于是，我向梁伟堂老师、王颖超老师请教，并与李娅、邓志楠和梁桂宁等同学交流，学习他们的经验。在他们的帮助和自己的努力下，我渐渐熟悉了这些知识，这为我之后的学习打下基础。

在学习、生活中遇到各种困难是很正常的，随着知识难度的增加，我遇到的难题也一定会更多。我们要主动与老师、同学交流，保持积极向上的心态，努力寻找解决问题的方法。

问：你们有哪些学术竞赛的经历？

张子卓：在第十七届“挑战杯”中，我作为项目负责人，带领团队取得了校赛特等奖的好成绩。在项目“Surgical AI——全球人工智能肺手术辅助与管理系统开拓者”中，我负责各个肺叶切除术的数据标注工作。通过不断总结手术视频经验，我从一开始看不懂肺部和纵隔解剖结构，到最后明确动脉静脉支气管等具有变异型的解剖结构。我认识到，科学研究虽然是有门槛的，但功夫不负有心人，只要潜心学习，量变的积累一定会引起质的飞跃。

此外，组建项目团队的经历，不仅锻炼了我的合作能力，也挑战了我的抗压能力。当时，我一边临床实习，一边返修论文，还要每天同团队小伙伴讨论比赛，像有“三头六臂”，忙得不可开交。但重压之下，我成长了很多。

尤芷萱：怀揣着科研成果要造福临床的想法，我和团队成员在现有专利与研究的基础上，设计了一套降低产后出血的产品，并参加了第八届中国国际“互联网 +”大学生创新创业大赛，在包含 35 万支参赛团队的竞争中，我们获得了广东省金奖、全国铜奖的好成绩。凭借此作品，我还参加了第十七届“挑战杯”广东大学生课外学术科技作品竞赛，并获得特等奖。

学术竞赛给我很多启发。首先，不要盲目等待，以致错失行动的机会，永远没有绝对完美的事。其次，要用行动来克服恐惧，怕什么就去做什么，恐惧自然就会消失，行动力也会大大提升。最后，临床工作与科研探索是相辅相成、不可分离的。

科研成果一定要回归临床、造福临床。

问：你有什么临床学习实践经历？

米日拜班古丽·托合提：临床实践教会我们如何进一步应用所学的知识，长达一年多时间的实习将有助于我下一阶段的临床工作。

从课本上学习与从临床中学习是两种不同的感受。在实习过程中，我接触到课本上的许多症状、系统疾病、辅助检查，熟悉掌握了问诊与查体、书写病历、心电图检查、伤口换药拆线等工作。实习中，我的临床操作更加熟练、操作技巧不断提升。除了专业知识，我也学到如何关怀患者，如何与患者及其家属沟通。

在广医二院神经内科见习时，米日拜班古丽·托合提（前排右二）与老师和同学们合影

问：你们在本科期间参与了学生社团工作、比赛和研究等，你们认为这几个方面是如何相互促进的？

尤芷萱：我认为可以通过三点实现这几个方面的相互促进。

首先是兴趣。兴趣是最好的老师，可以在各种不同的活动中探索兴趣。其次是潜力。当你找到喜欢的事情时，千万不要停下脚步，要继续探索，可以通过比赛和研究挖掘自身的潜力。最后是环境。一个人能走一段路，一群人能走得更远更久。我在各类活动中找到了志同道合的伙伴，我们互相学习，互相帮助，这对我的社团工作、比赛和研究都有所促进。

涂恒嘉：学生工作和科研、比赛三者相互促进。我曾多次策划学院学生会的活动，通过计划制订、组织安排、团队合作、资源协调等工作，我提升了自己的组织管理技能。这些经验在我参加学术比赛时发挥了作用，帮助我更好地组织团队、分工合作。

在科研项目中，我通过深入研究和实践，提升了自己的专业知识水平和研究能力，为学生工作和比赛提供了理论支持和实践经验。

米日拜班古丽·托合提：本科期间接触到的多种实践活动给我们提供了锻炼平台。从实践活动中获得的不同能力，都能够帮助我们更顺利地完成其他任务，从而提升自己。

在社团中，我结识了不同专业的朋友，不断交流合作，锻炼了沟通能力。在学生工作中，我和外国语协会的小伙伴一起商量活动流程、购买物资，共同推动活动顺利进行，锻炼了协作能力。志愿活动中，我们通过周末义诊、校园义诊等，熟悉量血压的操作，学习艾灸、按摩等知识，帮助别人的同时，收获了专业知识与技能。

问：在广医的学习时光里，你们遇到了什么样的良师益友？

张予卓：霍震宇师兄、葛帆师兄作为我的引路人，带我进入了生物信息学的研究领域。

每次遇到难以迈过的坎儿，我总会想起师兄说过的话“要做勇敢的探险家，勇往直前”。在这条充满坎坷的路上，我相信自己所做的每一件事情、取得的每一个小进展，都是有意义的。

尤芷萱：感谢周承志老师。他不仅传授给我很多肿瘤方面的知识，更教会了我许多做人的道理，使我受益良多。是他鼓励我年轻时走出舒适圈闯一闯，也是他教导我何为临床上的好医生，更是他让我有了理想并不断拼搏奋进。

感谢梁文华老师。他是我科研之旅的启蒙人，教会我开放包容的处事原则，以及对新信息保持敏感而海纳百川的态度。梁老师告诉我，如果得出的数据不支持自己的假设，不必对旧观点耿耿于怀，而是要修正甚至放弃自己原先的假设。

感谢程章恺老师。他给予我在实践中不断学习的机会，让我领悟到，有时只要有微小的勇气和真诚的付出，就能推开一扇扇虚掩的大门。他也告诉我，要在一个正面、积极的团队工作，更好地保持对科研的热情！

还要谢谢叶明老师、梁伟堂老师、王滨老师。他们在我准备保研等困惑无助的时期，支持着我不断向前！

涂恒嘉：张清玲教授是我在本科期间的导师。在科研上，她给予我耐心、细致的教导，在我感到困惑时，为我指点迷津。在课业上，她既引导我重视英语学习，培养全球视野；又鼓励我阅读各类书籍，增强核心素养。在生活上，她也经常关心我，叮嘱我加强体育锻炼、注意劳逸结合。

课题组的师兄师姐经常手把手教我科研方法和实验技能，这些方法和技能为我未来的求学之路打下基础。另外，我也和同课题组的其他本科同学们相互鼓励、相互竞争、相互学习。

叶明老师、段慧菡老师、梁伟堂老师是我的辅导员。五年间，他们不仅在思想上教育我、在学业上指导我，也在生活上给予我无微不至的关照。

在学习道路上，我结识了许多好朋友，他们中不仅有同为南山班的同学，也有其他学院甚至其他学校的伙伴。在互相学习交流中，我收获颇丰。灵感往往一闪而过，一群人在一起更容易碰撞并捕捉创新的火花。

米日拜班古丽·托合提：我的导师张清玲教授，在科研路上给予我很大的帮助。

受益于广医的本科生导师制度，我们有机会加入张老师的课题组进行学习。起初我没有科研经验，不知从何入手，是张老师鼓励我，在研究方向上给我指导，让我对科研的工作有了一定的了解。

在课题组中，我认识了不少优秀的小伙伴，我们一同学习哮喘相关的知识。在了解了嗜酸性粒细胞型哮喘后，我们齐心协力查阅文献、学习统计学相关知识，在这一方向进行课题研究。

感谢我的室友李可莹、张婉琳和陈诗韵。我从新疆来到广州读书，最大的难题是气候和饮食。新疆气候多变、早晚温差大，而广州高温、潮湿、多雨，饮食方面也需要适应。值得庆幸的是，我遇到了一群热心的室友，她们非常关心和照顾我，考虑我的口味，带我尝试新鲜的菜品。在她们的陪伴与鼓励下，我很快适应了大学生活。

米日拜班古丽·托合提（第二排右七）在南山班开班仪式上

问：在未来的学习、科研、工作和生活中，你们将如何继续践行南山精神？

张子卓：青年需要不断奋斗、锤炼自己，在实践中不断探索前行。只有拥有全面的知识储备，注重思考和总结，才能在实践中得出精辟的结论。

我将付诸行动，充分发挥个人能力和才华，脚踏实地，坚毅前行，勇攀高峰！

尤芷萱：健康所系、性命相托。作为南山班的一员，未来，我将把南山精神应用于临床实践中，不负患者的期待。

我会向钟南山老师学习：将患者视作战友，将疾病视作共同敌人，用科学严谨的方法医治患者的病痛；同时，做有人文情怀、细致、温暖的医生。

涂恒嘉：在未来的学术道路和工作、生活中，我会继续践行南山精神，同时牢记钟南山院士对广医学子的教诲。

我会做好明确可行的目标规划，不断在学习和科研探索中提升自己，并推动研究成果的应用转化，更好地服务他人，为实现个人价值和推动社会进步而贡献力量。

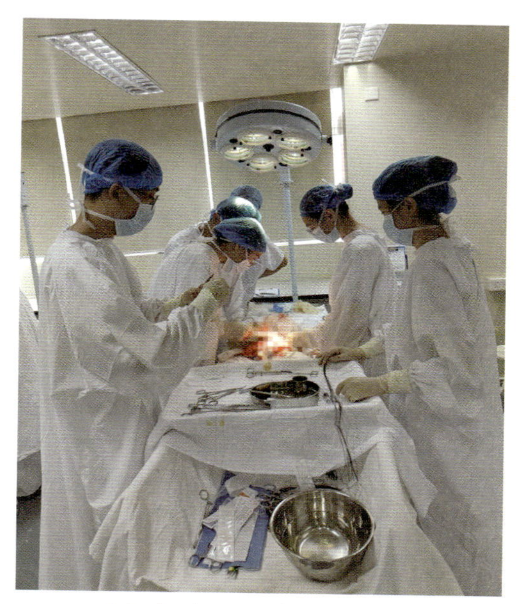

涂恒嘉（左一）参加动物手术

米日拜班古丽·托合提：南山精神指引我们在漫漫医学路上不断前行，五年时光，我收获了很多：在疫情防控期间的医护人员身上，我学到了奉献；从老师和同学身上，我学到了对医学不懈钻研的态度；从一次次的团队项目与学生活动中，我学到了拼搏进取的精神。

在未来的学习、科研、工作、生活中，南山精神会时刻提醒我，努力成为一个甘于奉献、刻苦钻研、追求卓越的人。

问：对于未来的研究与职业，你们有什么展望？

张予卓：我希望继续从事肿瘤相关的研究工作，围绕分子机制，探索肿瘤的发生与发展；同时，将研究成果转化落地，切实服务于患者。

尤芷萱：我希望进一步深造，提升自己的学术能力、创新思维和抗压能力，努力成为一名临床科学家，力争未来在国际肿瘤领域发出响亮的中国之声！

涂恒嘉：研究方面，我希望深入探索肿瘤的发病机理、病理变化和治疗方法；通过创新性的研究，为肿瘤患者提供更加有效的治疗方案，为预防和控制肿瘤的发生做出贡献。

职业方面，我希望成为一名肿瘤学研究者或临床医师。同时，我会积极参与肿瘤防治宣传、科普和教育，让更多人了解肿瘤知识，提高公众对肿瘤的预防和治疗意识。

未来充满着机遇和挑战，我会不断提高自己的专业水平和能力，为我国健康事业的发展而努力奋斗！

米日拜班古丽·托合提：研究生阶段，我会不断积累经验、提高临床专业能力，同时注重培养自己的科研能力，在我感兴趣的消化疾病方向进行深入的学习和研究。

希望有朝一日，我学有所成并回到家乡，为新疆医疗事业的发展贡献自己的一份力量。

（文／张予卓 尤芷萱 涂恒嘉 米日拜班古丽·托合提 万梓恒 李颖丽 朱睿 梁昕悦 刘雨昕 丁惜洁　图／受访者提供）